AF392398

Oro Nero
Un Romanzo Western

Richard G. Hole

Far West

Il petrolio era una ricchezza fantastica quanto lo era stato l'oro, e per questo non per niente era conosciuto con il nome simbolico e un po' inquietante di "oro nero".

Il petrolio era qualcosa di più semplice da scoprire e da sfruttare rispetto all'oro puro. Bastava tentare la fortuna e aprire la bocca dove la nafta sgorgava con forza travolgente, per possedere la straordinaria miniera che doveva produrre migliaia e migliaia di tonnellate e con esse migliaia e migliaia di dollari, perché germogliava appena dal viscere della terra il liquido fetido, non era necessario continuare a scavare giorno dopo giorno per estrarre il tesoro. È bastato organizzare la raccolta del prezioso liquido e sfruttarne le continue prestazioni.

Per questo, appena si è diffusa la notizia della prima scoperta petrolifera, centinaia di uomini desiderosi di rapide ricchezze, sono rimasti stupiti dalla scoperta e si sono lanciati ad aprire buche con più o meno fortuna, perché il sottosuolo traboccava di petrolio e lui voleva espellerlo dal suo intestino.

Oro Nero è una storia appartenente alla collezione Far West, una raccolta di romanzi sviluppati nel Wild West americano.

ORO NERO

CAPITOLO I

CROCIATA CONTRO L'ORO NERO

L'intero enorme divario che si apriva nel sud-est dell'Oklahoma con i fiumi Muddy Boggy a sinistra e i fiumi Kiamichi a destra, era un lussureggiante pascolo verde per il bestiame. Lo sforzo congiunto dei vari eroi della distribuzione territoriale di detto nuovo ed ultimo Stato del Nord America, aveva convertito quella terra rossastra e ribelle dapprima a pascolo, dopo immenso lavoro, in un emporio di ricchezze per il bestiame e vi erano diversi ranch che dove avevano allevato nella regione aumentando il bestiame in uno Stato che, essendo relativamente nuovo quando procedeva a colonizzarlo, richiedeva, visto l'aumento di popolazione che aveva acquisito, l'aiuto del bestiame per provvedere al mantenimento di tante centinaia e centinaia di avventurieri che si erano stabiliti nel neonato Oklahoma.

All'inizio, tutto suggeriva che questo pezzo di terra americano adatto avrebbe seguito le orme del vicino Texas.

Il terreno, una volta avviato, era molto adatto al bestiame, e i coloni, così come gli allevatori, si sentivano soddisfatti dell'andamento delle loro proprietà dopo le prime vicissitudini dei loro primi giorni come pionieri di queste terre, poiché nulla avevano trovato una crisi quando si erano impossessati dei loro appezzamenti di terra, e avevano dovuto sollevare tutto a mano a costo di enormi fatiche e anche di sacrifici eroici.

E non pensate che convertire le terre selvagge del nuovo stato sia stato un compito facile e senza rischi. Alla lotta con la terra ostile bisognava aggiungere l'altra più drammatica con gli sfortunati che arrivarono in ritardo al cast e non trovarono dove stabilirsi, e poi con le varie e pericolose bande di avventurieri e fegati, che sotto la copertura del disorientamento e della mancanza di comunicazione e autorità, hanno cercato di fare vittime dei loro saccheggi e rapine dei nuovi proprietari. Ci sono voluti molti combattimenti, molto sangue e molte vittime per ridurre questo pericolo, stabilendo un principio di autorità e stabilendo canali di comunicazione che collegassero gli stati di confine.

Ma tutto era stato superato con più o meno difficoltà ed era giunto il momento in cui l'anormale non era né più né meno anormale che in altri luoghi del continente.

Ma quando queste difficoltà furono superate, quando coloro che vi erano stabiliti credettero che fosse giunto il momento di godere della tranquillità alla quale avevano diritto meritato e quando sembrò che nessun altro tumulto collettivo ed esplosivo li minacciasse, la Natura capricciosa scatenò un terribile polveriera, che sebbene per molti e per la nazione potesse essere addirittura un nuovo emporio di ricchezze, per molti di coloro che vi si stabilivano sarebbe diventata una terribile minaccia e una nuova e sanguinosa guerra che sarebbe durata quanto uno dei i due contendenti caddero sconfitti.

Proprio come la California divenne un terribile inferno il giorno in cui il falegname di Sutter scoprì l'oro nel suo mulino, così quando un giorno qualcuno scavando la terra, sollevò il primo pozzo di petrolio a quelle latitudini, il più completo La rivoluzione minacciò l'Oklahoma dalla sua divisione meridionale, con il Texas , a quella del nord, con il Kansas. Il petrolio era una ricchezza fantastica quanto lo era stato l'oro, e per questo non per niente era conosciuto con il nome simbolico e un po' inquietante di "oro nero".

Il petrolio era qualcosa di più semplice da scoprire e da sfruttare rispetto all'oro puro. Bastava tentare la fortuna e aprire la bocca dove la nafta sgorgava con forza travolgente, per possedere la straordinaria miniera che doveva produrre migliaia e migliaia di tonnellate e con esse migliaia e migliaia di dollari, perché germogliava appena dal viscere della terra il liquido fetido, non era necessario continuare a scavare giorno dopo giorno per estrarre il tesoro. È bastato organizzare la raccolta del prezioso liquido e sfruttarne le continue prestazioni.

Per questo, non appena si è diffusa la notizia della prima scoperta del petrolio, centinaia di uomini desiderosi di rapide ricchezze, sono rimasti stupiti dalla scoperta e si sono lanciati ad aprire buchi con più o meno fortuna, anche se in molti casi con fortuna, perché il sottosuolo traboccava di petrolio ed era ansioso di scacciarlo dalle sue viscere.

Immediatamente i più furbi, i più furbi, quelli che erano sempre a caccia di affari, precipitarono come legioni di voraci termiti nei luoghi più propizi allo sfruttamento e iniziarono la rissa, la rissa, l'offerta più o meno onesta. o predatore per lo sfruttamento di quella ricchezza, che pur essendo naturale e spontanea scorreva da sola, d'altra parte necessitava di un'organizzazione piuttosto complicata, per ottenere il corretto utilizzo del prodotto.

Il prodotto aveva bisogno di depositi naturali per essere raccolto, contenitori speciali per imprigionarlo. Adeguati mezzi per il trasporto e quindi raffinazione fabbriche per purificarlo e mercati dove collocarlo.

E questo era troppo per i poveri coloni che, da un giorno all'altro, si ritrovavano con uno o due pozzi, o più, che perdevano petrolio, che si perdeva senza mezzi di sfruttamento, poiché quell'avviamento richiedeva non solo capitali, ma tutta la complicata meccanica della sua raccolta, trasporto, affinamento e collocazione.

E siccome gli agiotisti lo sapevano, cercarono di approfittarne a spese dei proprietari dei terreni e dei nascenti pozzi.

Le società di sfruttamento furono presto organizzate e contattarono i proprietari. Alcuni per acquisire la terra soggetta a una resa maggiore ancora nascosta e altri, quando incontrarono resistenze per la vendita, riservando una parte del beneficio ai legittimi proprietari dei pozzi.

Poiché il numero delle persone stupite dall'olio cominciava a formare legioni, e molti pozzi venivano aperti in breve tempo, era impresa ardua andare in tutti i luoghi per approfittare di ciò che rischiava di andare perduto, e il primo a andare al reclamo visto e incontrati. Desideravano, ma presto si sparse la voce, arrivarono nuovi sfruttatori, furono fondate società monetarie per coprire tutto ciò che era alla loro portata e la start-up fu normalizzata, favorendo una nuova ricchezza che avrebbe dato allo Stato il massimo impulso, creato milionari quasi da un giorno all'altro e accenderebbe l'egoismo di arricchirsi a chi non ha ancora avuto la fortuna di scoprire un filone d'oro nero.

Avventurieri come ai tempi dei Russ di California si avventuravano con le cime e le buche per scavare il terreno dove sembravano migliori, senza rispettare il dominio o la proprietà. Si dovettero scoprire nuovi pozzi, e quando il legittimo proprietario della terra vergine si oppose all'invasione o cercò di essere lui e non una strana mano che tentò la sua fortuna, scoppiarono sanguinose risse e risse, che iniziarono a formare un censimento dei morti dell'una e dell'altra parte, piuttosto terrificante.

Come sempre, la forza bruta o collettiva ha prevalso sulla debolezza. A volte, quando l'invasore era numeroso, rozzo e organizzato, eliminava il proprietario senza scrupoli di qualsiasi specie, e altre volte, quando l'invaso ne aveva la forza, sparava all'intruso, o lo lasciava inchiodato vicino ai pozzi che stava cercando aprire. .

Ma, come l'oro, non tutto l'Oklahoma era un deposito di nafta. C'erano luoghi sontuosi, sacche dove sgorgava olio in qualunque punto si aprisse un buco, ma in altri lo sforzo era negativo, perché l'oro nero lì non esisteva o era così profondo che non era con un semplice buco che poteva essere utilizzato. forza a fluire.

Secondo gli studi effettuati in questo campo, è noto che l'olio è nella direzione opposta all'acqua. Questa cola verso il basso e fugge nell'entroterra, e il petrolio, d'altra parte, ha la tendenza a salire ed è per questo che, appena trova la più piccola apertura di espansione, sale con forza travolgente.

L'olio sembra formarsi in luoghi chiamati cupole, cioè dove la terra cava ha pareti impermeabili. In essi si forma lo stagno, la laguna o il piccolo mare, tutto dipende dal divario e lì rimane fino a quando il primo foro non gli dà espansione. Quindi, viene scoperta la cupola, che può alimentare centinaia di pozzi, a seconda dell'entità del liquido accumulato.

E poiché queste cupole sono sotterranee, nessuno può immaginare dove si nasconda il petrolio. A volte, sotto il terreno rigoglioso delle praterie, si nascondono milioni di tonnellate, e, invece, in terreni accidentati o ondulati, non si scopre un solo gallone.

Per questo motivo la scoperta dell'oro nero è stata più una questione di fortuna, anche se in alcuni punti i sacchi erano così estesi internamente, che per molti chilometri di lunghezza e larghezza bastava perforare per vederlo emergere immediatamente.

Queste scoperte preliminari ed empiriche del petrolio in Oklahoma hanno portato le persone a credere che l'operazione di ricerca fosse semplice, ma la storia generale del petrolio dimostra il contrario. Come pulsante di esempio, possiamo citare quanto segue. La Imperial Oil Company del Canada, una delle più ricche di sfruttamenti di questo tipo, ha speso venticinque milioni di dollari durante venticinque anni, nell'aprire centocinque buche di varia profondità, che arrivavano fino a quasi quattro miglia, e tutte con risultati negativi, finché un giorno, perforando il pozzo numero centosei, ottenne uno dei ritrovamenti più riproduttivi della storia, che la ricompensò per tanti anni di lavoro sterile e tante spese sepolte invano. Se non avesse avuto quest'ultimo successo, la perdita per l'azienda sarebbe stata terribile,

Ma queste complicazioni sarebbero sorte più tardi, quando i depositi fatti alla superficie del terreno furono in funzione, furono organizzati e la nostra storia si attacca al tempo primitivo dei primi pozzi in Oklahoma.

È necessario chiarire che non tutti gli insediati in quella zona sono stati contagiati dalla febbre dell'oro nero. Al contrario, c'erano nemici accaniti della ricerca e dello sfruttamento di tale ricchezza, perché quella che per alcuni era una fonte inaspettata di ricchezza, per altri era qualcosa di antipatico e per molti una minaccia di rovina contro la quale si preparavano a combattere.

L'affioramento di petrolio costituiva un serio pericolo per coloro che erano più vicini a tali fonti di ricchezza, nelle cui terre non c'era benzina o non avevano voluto cercare.

Era come un alito velenoso che asciugava e appassiva tutto intorno. La terra si impregnava di olio, la terra diventava sterile, l'erba diventava grigia fino a morire di succo, e il bestiame vicino, che si nutriva dell'erba che cresceva vicino ai campi, finiva per mancare di pascolo, quando non era disponibile. ha avvelenato con ciò che ha ingerito contaminato dall'olio.

Per questo motivo gli allevatori che ora stavano difendendo la loro attività con le corna, che era costata loro tanta fatica e fatica, si sentivano invasi da un terribile disagio con l'invasione del petrolio e non solo non volevano sapere nulla di la nuova attività, ma si erano anche dichiarati suoi strenui nemici. Quelli stabiliti in aree che gli insaziabili cercatori non avevano ancora visto, rimasero relativamente calmi, sebbene in perenne guardia, per ciò che poteva accadere, ma coloro che videro, allarmati, come la ricerca avanzava inesorabile verso i loro domini, minacciando di saturare la terra, uccidendo l'erba e avvelenandone i fasci, si alzarono di fronte al pericolo e si prepararono ad incontrarlo.

La zona di Wesley era rimasta lontana dalla nuova febbre, ma la minaccia non era lontana e tutti i coloni e gli allevatori di quella parte del territorio vivevano con l'anima in un filo, in attesa della notizia che l'uno e l'altro erano state trasmesse riguardo a attività petrolifere a distanza.

Tra i proprietari terrieri e gli allevatori di quel bacino, quello che si distinse di più per l'importanza della sua proprietà e della numerosa mandria di bestiame che era venuto a raccogliere, fu Armor Fuchs, che quando l'invasione dell'Oklahoma lasciò la sua posizione di caposquadra un ranch del Texas per imbarcarsi nell'avventura, facendolo con un po' di fortuna, visto che aveva circoscritto una vasta area di prateria con l'aiuto di due fratelli che lo avevano seguito nella corsa solo per aiutarlo a conquistare terreno, anche se in seguito, quando Armour consolidato, lo abbandonarono per continuare nelle loro attività, che non avevano nulla a che fare con l'allevamento.

Armour poco dopo prese una piccola squadra dal Texas, tutte appartenenti al ranch dove aveva lavorato. Offrì loro condizioni migliori rispetto al loro vecchio datore di lavoro e gli operai non esitarono ad accettare il nuovo lavoro.

Ma guadagnarono bene l'aumento, perché in particolare i primi due anni, dovettero combattere con bande di indesiderabili che vivevano di prede e assalti, anche se in seguito, quando gli animi si calmarono, la loro missione fu meno esposta e più calma. .

Armour, che aveva lasciato la moglie e la figlia in Texas, non volendo esporle alle vicissitudini di quell'avventura, le tenne lontane da sé durante questi due anni irrequieti, ma quando credette che l'ambiente permettesse loro di essere reintegrate nella sua proprietà , li raccolse, portandoli al ranch che aveva costruito nel frattempo.

L'armatura è stata fortunata; il bestiame era allevato bene, la prole era prolifica e in breve tempo riuscì non solo a raccogliere diverse migliaia di capi di bestiame, ma anche a diventare il più forte e prestigioso allevatore di quella parte dello stato.

E siccome era nato tra i buoi e cresciuto fra loro, e il bestiame era per lui la sua passione e la sua fonte di prosperità, non voleva sentir parlare di petrolio, per quanto benefico fosse il suo sfruttamento. Innamorato dei pascoli e dei prati, soffriva molto se contemplava un terreno arido o nudo a causa di quel maledetto olio, il cui unico odore sembrava soffocarlo.

Quando vi giunse la notizia di quanto stava accadendo e avanzò dai pozzi verso l'Oriente, si allarmò fino al parossismo. Non poteva tollerare né che le sue terre venissero trivellate, né che l'effetto del maledetto petrolio potesse intaccare i suoi brutti pascoli, mettendo in pericolo il suo bestiame.

Ma ... possedeva solo i suoi e non poteva disporre della terra degli altri, o governare al di fuori della sua proprietà. Ognuno era molto maestro nel fare ciò che voleva con il proprio, anche se in seguito, a causa degli effetti naturali dello sfruttamento, qualcuno poteva essere danneggiato dal rifiuto.

E per sapere quale dovesse essere il suo atteggiamento e su quali forze conterebbe se fosse costretto ad affrontare il pericolo, un giorno convocò i vari allevatori stabiliti nelle vicinanze e i coloni, che contavano anche in questo caso.

L'armatura diede loro un'esposizione del pericolo che il petrolio avrebbe rappresentato per loro, contro la problematica possibilità che la nafta esistesse lì. Gli fece vedere come vivevano calmi contro il disagio che si trascinava dietro quella febbre dell'oro nero. Potrebbe capitare che in qualche appezzamento di terreno ci fosse olio e in altri no, in tal caso la semplice presenza di un pozzo che potrebbe giovare a uno senza sapere chi, potrebbe, invece, rovinare gli altri, poiché la terra ne subirebbe l'afflusso di quel liquido disseccante e micidiale, che potrebbe inaridire la terra, rendere sterili i raccolti e distruggere il bestiame.

D'altra parte, se si unissero in una dura crociata contro ogni tentativo di trivellazione, ne guadagnerebbero ogni giorno di più, perché man mano che i ranch e i campi invasi dai pozzi sparivano, carne e cereali scarseggiavano, a causa della crescita delle città del petrolio e del gas. I loro prodotti e il loro bestiame sarebbero stati venduti meglio ea un prezzo migliore, poiché il mercato della domanda e dell'offerta era quello che determinava il modello dei prezzi e c'era una maggiore scarsità e bisogno, più concorrenza per l'acquisizione e prezzi più alti.

Ha prestato giuramento e ha promesso di non affittare, vendere o far conficcare un piccone nella sua terra per trovare nuove fonti di nafta. Se gli altri fossero disposti a sostenerlo, metterebbe le forze della sua squadra nella difesa di quel territorio vergine, a favore di chiunque esso fosse, e lo difenderebbero da ogni oltraggio o coercizione, per costringerlo a rinunciare al suo terre.

Se così fosse, tutti dovevano firmare un documento in cui aderivano e promettevano di impedire l'invasione dei selvaggi che si aggiravano nei luoghi non ancora sfruttati, alla ricerca di possibili giacimenti da offrire alle compagnie. Tutti per uno e uno per tutti, e se firmavano il documento e qualcuno ne mancava, il solo fatto di infrangere quanto firmato, autorizzava gli altri a intervenire nella loro proprietà nel modo che richiedeva l'interesse comune del resto. E se lui, che era quello che possedeva più terra di chiunque altro e aveva più possibilità di possedervi olio, si impegnava in questo, dava solida garanzia agli altri, che avevano meno possibilità di ottenerlo. Invece, continuerebbero ad approfittare della scarsità di grano, mangimi e carne e ad aumentare i profitti delle loro imprese,

Si discusse la proposta, si studiarono i pro ei contro e, infine, all'unanimità, si decise di formare un solido fronte contro l'invasione del petrolio e di firmare il documento indicato da Armour.

Fu redatto, tra tutti, precisando bene le basi dell'accordo, al quale ciascuno si impegnava nel proprio bene e in favore degli altri, e una volta redatto e firmato, le copie furono firmate anche da tutti , in modo che ciascuno ne possedesse uno.

Armour fu nominato presidente di quella strana associazione, lasciando a lui l'iniziativa di affrontare qualsiasi tentativo di invasione. Armor accettò e, per maggiore sicurezza, si offrì di aumentare la sua squadra con una mezza dozzina di pedoni in più.

Se la carne aumentava di prezzo, i profitti consentivano questa maggiore spesa e contribuivano a rafforzare la difesa comune, dalla quale nessuno poteva essere cacciato, se in ogni caso fosse richiesto lo sforzo congiunto di tutti. Sebbene al momento il pericolo non sembrasse imminente, poiché le avanguardie di perforatori non erano ancora arrivate nelle vicinanze, era bene essere preparati nel caso si fossero presentate.

L'accordo riguardava, oltre ad Armor, altri tre allevatori, tutti più a est, e quindi più nelle retrovie dell'avanzata, e sei coloni più o meno importanti. Tra i dieci, con il personale al loro comando, se non gli voltavano le spalle, formavano una forza che poteva essere una barriera contro l'espansione di quell'ondata pestilenziale e devastatrice.

Armor sembrava essere più calmo dopo quel patto. Se l'avessero lasciato solo, avrebbe potuto essere soffocato da chi gli stava intorno se fosse sorto del petrolio in quella zona, ma ora era stata tracciata una linea di demarcazione molto avanzata, che avrebbe impedito l'arrivo dei cercatori al cuore di quel più assoluto vano.

CAPITOLO II

SFIDA

Una mattina, all'inizio della primavera, Virginia, la figlia di Armour, era uscita a fare un giro attraverso la prateria. Il tempo era magnifico, avevano avuto giornate fastidiose di acqua o di vento tagliente e man mano che l'atmosfera si calmava e le cattive condizioni cessavano, la gloria di quelle mattine primaverili, tanto mancate, invitavano a godere della serenità del paesaggio e della piacevole atmosfera e carezzevole.

Mentre camminava a poca distanza dal ranch, raschiando il recinto di alcuni campi che cominciavano ad apparire molto spinosi, scoprì due cavalieri che avanzavano in direzione del ranch. Entrambi cavalcavano due bei cavalli castani, che dovevano aver pagato a buon prezzo.

La giovane donna si fermò un attimo per osservare la direzione che stavano conducendo, e quando pensò di non essersi sbagliata sulla sua intenzione di visitare il ranch, avanzò per raggiungerli. Fu allora che riconobbe uno dei cavalieri.

Era Alvin Sekely, un uomo sulla trentina, alto e agile, di bell'aspetto, con un viso piuttosto attraente e modi energici e determinati. Un uomo che sembrava mostrare che c'erano poche cose al mondo che gli si sarebbero opposte quando camminava, quando prendeva la retta via di una strada. E infatti era un uomo aggressivo e inespressivo, la cui vita era stata un puro incidente, che era riuscito a vincere con determinazione.

Da semplice bracciante agricolo, in seguito divenne cowboy. Anche se come bracciante non era niente di eccezionale, imparò molto sul bestiame e un giorno, quando trovò una persona disposta a esporre una certa somma di denaro nel commercio del bestiame, si trasferì in Oklahoma e si dedicò alla conduzione del bestiame attraverso le città dello Stato, dove non era ancora arrivata la possibilità di procurarsi bovini freschi che gli fornissero la carne.

E ha organizzato un percorso, che ha poi ampliato a diversi. Così, più volte all'anno "almeno una volta al mese", acquistava un paio di centinaia di tori e, guidando, li portava lungo le rotte già tracciate, e se ne andava, uno per uno, o in più quantità, a seconda dell'importanza di ogni città, dei corni che portava, finché non furono tutti a posto.

Dopo questa spedizione, ne iniziò un'altra per strade diverse, e così stava sviluppando un'attività che gli dava un profitto regolare.

Alvin aveva stipulato un accordo con Armor per l'acquisto di alcuni di questi bovini, che vendeva al dettaglio, ma gli procurava un buon affare.

Alvin si presentava al ranch al massimo ogni due o tre mesi. Scelse un centinaio di capi di bestiame, in seguito mandò i peoni al suo servizio a cercarli, e scomparve per tornare quando ebbe bisogno di nuovi acquisti.

Fu da questo che Virginia lo riconobbe, e per questo motivo era appena abbastanza distante, lo riconobbe. D'altra parte era sicura di non aver mai visto il cavaliere che accompagnava Alvin, un uomo sulla quarantina, ben vestito, dal viso attraente e intelligente, che denunciava dalla lega che era un uomo di ottima posizione e più avvezzo trattare con gente di viso, che con elementi umili.

Ma ciò che più attirò l'attenzione di Virginia fu l'abito di Alvin, così diverso da quello che indossavano sempre, che il notevole cambiamento non poteva essere trascurato. Di regola, Alvin vestiva qualcosa più o meno come un caposquadra ranch un po' compiaciuto. Era un abito da cowboy in sintonia con l'attività che gestiva, anche se poiché era più di un semplice lavoratore, i suoi vestiti si distinguevano per la migliore qualità e la migliore cura.

Ma questa volta, quelle vestigia di un uomo del ranch erano scomparse. Indossava un abito elegante, il cui colore si armonizzava con il cavallo che stava cavalcando. La sua camicia non era più di flanella scozzese, ma bianca, di seta, con un plafond sotto il collo sul petto, e gli stivali, muniti di scintillanti speroni d'argento, erano di vernice lucida.

Il suo panciotto a fiori, da taschino a taschino, portava una grossa catena d'oro, con un ciondolo a forma di ferro di cavallo e anche sull'anulare della mano sinistra esibiva un anello d'oro, con un bel diamante, sebbene la sua dimensione non fosse eccessiva. .

Alvin, riconoscendo Virginia, si tolse il cappello, ora nero, con un top tondo e non il solito da cowboy e fece avanzare il cavallo verso di lei, salutandola con un sorriso allegro:

"Che grande piacere conoscerla, signorina Virginia!

«Lo stesso qui, signor Sekely. Non lo vedevamo da queste parti da almeno quattro mesi. L'altro giorno ha fatto notare a mio padre.

"In effetti, sono stato molto impegnato in questo periodo e non mi è stato possibile venire qui, ma solo perché tu possa vedere che non ti ho dimenticato, eccomi.

"Lo celebro.

"Bene, lascia che ti presenti: questo signore che mi accompagna è il signor Kaplan, un grande ingegnere e un uomo che conosce gli orrori della sua professione. Signor Kaplan, questa è la signorina Virginia Fuchs: figlia del mio amico Rancher Armor Fuchs, che siamo venuti a trovare.

Kapan offrì la mano alla giovane donna, dicendo:

"Posso assicurarvi che non sto mentendo né dicendo false lusinghe, se affermo che ho avuto un vero piacere nell'incontrarla.

"Grazie, signore, siete molto galante.

Alvin è intervenuto con entusiasmo.

"Niente galanteria; Il signor Kaplan ha detto una grande verità. Dimmi, Virginia, cosa fai che ogni volta che vengo qui ti trovo più carina, qualcosa che sembra impossibile da superare?

Lei, ridendo, ha risposto:

"Sarà che con il bel tempo mi lavo la faccia più spesso.

"Uscita molto graziosa, ma devi lavarla almeno con l'acqua della bellezza.

«Certo, signor Sekely. Ho una molla tutta mia e la custodisco gelosamente in modo che nessuno tranne me la usi. È stata una fortuna trovarlo.

"Non dire così. Penso che sia vero il contrario e che sia l'acqua che acquisisce l'essenza della bellezza quando ci si lava con essa.

"Molto carina. Dove hai imparato tanta galanteria e perché l'hai tenuta così nascosta?

«Il contatto con persone di alto rango, Virginia.

"Hmm...! Vedo che hai cambiato il tuo solito abbigliamento per quello elegante. O sta andando a un matrimonio?

"Cosa vorrei di più che andare a un matrimonio, ma solo uno.

"E se non fosse curiosità?

"A uno in cui tu eri la sposa e io ero il fortunato mortale a cui dovevi dire 'sì'.

"Bravo. Questo è il tocco finale al tuo corteggiamento.

"Dico come mi sento.

"Beh, smettila di prendermi in giro. Non ha risposto alla domanda, perché non credo che questi vestiti siano i più adatti per camminare tra il bestiame.

"Oh, certo che no! Non ho intenzione di sporcarlo sfiorando la pelle di nessuno.

"Allora... per cosa sta venendo?

«Voglio parlare di affari con tuo padre. È al ranch?

"Beh, non lo so. Sono partito da lì quasi due ore fa e non ho idea di dove possa essere.

"Vorrei vederti, Virginia. La questione è molto importante per entrambi.

"Bene, andiamo al ranch; Se non c'è, manderò ai pascoli a cercarlo.

"Grazie. Sei sempre gentile quanto carino.

Non voleva rispondere al complimento. Non gli piaceva così tanto insistere per adularla.

Quando arrivarono al ranch, l'operaio a guardia del cortile li informò che l'allevatore era appena arrivato nel suo ufficio.

"Sono contento, perché in questo modo non perderemo tempo", ha detto Alvin. Vuoi farci pubblicità, Virginia?

Lei alzò le spalle. Due o tre volte Alvin, nonostante la sua galanteria, l'aveva nominata con una familiarità alla quale non aveva diritto. I loro rapporti erano sempre stati superficiali e non gli piaceva quando nessuno si prendeva libertà a cui non aveva diritto.

Salì davanti a loro e, fermandosi alla porta dell'ufficio, l'aprì e guardò dentro. L'allevatore, vedendolo, esclamò:

"Ciao, figlia, vuoi qualcosa?

"Sì, papà, per annunciare che il signor Sekely è qui con un amico e vuole vederti.

"Molto bene, lascia che accada.

Si voltò e, osservando la parola, disse:

«Può entrare, signor Sekely.

Grazie Virginia.

"Signorina Virginia... fino ad ora.

"Oh, mi scusi!" Rispose, un po' tagliato fuori Alvin." Pensavo amicizia... Scusatemi ancora.

E un po' scioccato dal tocco di attenzione che la giovane donna aveva vibrato nelle sue orecchie, si recò in ufficio.

L'allevatore, vedendolo vestito così elegantemente, aprì gli occhi stupito e, dopo il saluto, commentò:

"Diavolo, Alvin, non ti conoscevo da quel look elegante. Gli affari sembrano andare bene.

"IPhs! Quella faccenda non mi interessa più.

"Quello... quale?

«Quello con il bestiame. Non posso lamentarmi di lui perché ho realizzato un guadagno un po' accettabile, ma ci sono cose che sono superate e vivo con il dinamismo dei tempi. Chi non lo fa, diventa obsoleto e perde le sue buone opportunità.

"Aww! Non lo sapevo... cosa stai facendo adesso, Alvin?

"Sono diventato un selvaggio.

"Come lo mangi? Non l'ho mai sentito.

"Non c'è da stupirsi, bloccato qui e consegnato solo al tuo bestiame, sembri vivere molto lontano dalla realtà della vita e un uomo come te, che ha mostrato arresti e coraggio per venire qui, limitare la terra e costruire e sostenere questa grande proprietà; Ha condizioni più che sufficienti per diventare milionario con poco sforzo.

"Ora... Ma io... non aspiro a milioni, né mi piace fare più sforzi di quelli di mia iniziativa, che si adegua ai miei gusti e ai miei hobby. Sono nato allevatore e dedico più energie e affetto al bestiame. Tutto ciò che il bestiame non può darmi, non lo voglio altrove.

"Beh, spero che tu ti convinca presto. Per ora, scusa se ti presento. Questo è il signor Kaplan, un ingegnere al servizio della Oklahoma Oil Company.

"Piacere di conoscerti, proprio come il signor Kaplan. Il resto, se puzza di olio, non mi interessa.

"È uno degli ingegneri geofisici più rinomati dell'azienda.

"Persino peggio.

"Non capisco, ma, bene, chiariremo. E poiché mi hai chiesto cosa significa quel selvaggio, te lo spiego. Immagino che tu non sia così ignorante da non essere consapevole dell'enorme rivoluzione che sta avvenendo nello Stato, con la scoperta del petrolio.

"No, non sono ignorante.

"Beh, è stata un'esplosione come nessuno poteva sognare. Sembrava che il sottosuolo fosse disposto a scoppiare per buttare fuori i mari d'olio che non entrano più nelle sue viscere e non c'è luogo dove si apra un buco, che non finisca per sgorgare olio da esso.

»Innumerevoli aziende si stanno formando per incanalare la produzione e raccogliere quella fortuna in oro nero, in modo che non si perda nemmeno un gallone. Tra le varie aziende già operative, quella che ho citato è la più forte, la più organizzata e quella con più elementi operativi. Ma, per il momento, si è sentita travolta dall'enorme afflusso di pozzi e non può dedicarsi ad aprirne di nuovi, con la perdita di tempo che può significare colpirli.

»Ma siccome non si tratta di perdere tante e ottime occasioni lasciandole ad altri, hanno affittato molti chilometri di terra intorno ai luoghi dove è germogliato il petrolio e in altri dove i loro ingegneri hanno studiato il terreno e credono che ci siano cupole nascosto contenente grandi masse di nafta e il problema è rivelarlo.

»Questo è il lavoro dei selvaggi. Ci chiamano così, perché pensano che scopriamo il petrolio per intuito.

"Ad esempio, cammino in un'area limitata e indico un luogo, dicendo: "Qui deve esserci olio" e scavo modestamente una buca da solo, ma ovviamente sul terreno aziendale e per questo. Uso un certo tempo e un certo lavoro, pagandolo da solo.Se fallisco, perché non c'è petrolio, o perché sono troppo in profondità non posso raggiungerlo con mezzi di trivellazione così poveri, la società mi dà un compenso per coprire parte del spese che ho fatto e poi, ricomincio in altro sito. E l'olio e ho fatto bene? Poi la ditta mi concede una parte del guadagno riportato dal pozzo da me scoperto, e se non voglio e raggiungiamo un accordo, mi dà un importo totale e rinuncio al profitto.

»Siccome sono un uomo determinato e mi piace rischiare per vincere, non appena questo mezzo di sfruttamento è iniziato, ho rinunciato a continuare a trafficare bestiame ed ho esposto i miei risparmi nello scavare pozzi in quel modo. Ho potuto perdere tutto e ho potuto guadagnare molto.

»Finora non posso lamentarmi, perché non ho perso, e sebbene non sia diventato milionario, sono stato fortunato con diverse scoperte e ho raccolto una cifra che a un altro sembrerebbe fantastica, ma che non mi seduce più, perché aspiro a guadagnare molto di più.

»La prova è che lo vedi già. Adesso mi vesto bene, ho comprato un buon cavallo, un bell'anello, e ho diversi uomini assunti che lavorano per me in questo senso. La cosa è andata bene e sono molto soddisfatto.

"Molto bene" rispose Armour, nauseato da tutto ciò che parlava di petrolio "e suppongo che la sua visita sia dovuta al rendersi conto della sua buona sorte e dicendomi di non contare sui suoi acquisti di bestiame per il futuro: lo apprezzo perché ora gli ordini, a causa dell'aumento della popolazione, sono maggiori e così potrò servire altri che mi spingono a fornire loro più bestiame.

Alvin sorrise comprensivo e rispose:

"No, non sono arrivato a questo. In realtà, penso che a te dovrebbe importare poco della faccenda della carne bovina.

"Per quale motivo se è mio?

"Perché ce ne sono altri che sono più produttivi e lo sono ancora di più quando possiedi la quantità di chilometri di terra che possiedi.

"Cosa significa? Non ti capisco.

"Semplicemente che sono venuto a proporre un'attività molto più produttiva del bestiame.

"Quale?

"Quello con l'olio.

"Mi sembra che tu sia stato confuso con me.

"Perché? È un cattivo affare?

"Non lo so, ma per me, come se lo fosse. Per fortuna finora l'olio non è apparso qui ed è meglio che non appaia, perché... possono succedere tante cose.

«Andiamo, signor Fuchs, non dica queste cose. Sai cosa vuol dire poter guadagnare in un mese quello che non guadagneresti in diversi anni, nonostante il valore del tuo ranch?

"È lo stesso, non sono ambizioso e, soprattutto; anche se lo fosse. Voglio guadagnare con quello che faccio, con quello che capisco e mi piace, non con quelle cose disgustose.

"Il denaro non ha sapore o odore.

"Per chi la pensa così.

Andiamo, signor Fuchs. Non dirlo; Sono sicuro che qui, nei limiti del tuo patrimonio, hai molte migliaia di dollari.

"Ti ha colpito sul naso? Sorrido un po' d'intuizione per questo.

"Non è intuito, ma sicurezza ed è per questo che sono venuto a trovarti. Spero che tu ti convinca che è un buon affare e che raggiungiamo un accordo.

»È vero che il petrolio non è ancora arrivato fin qui, ma arriverà, non credo e proprio perché queste terre erano ancora libere da esplorazioni, io, anche se saresti tu dal mio intuito, ho avuto la sensazione che potrebbe esserci del petrolio da queste parti da scoprire. Questo, per il primo che lo facesse emergere, sarebbe un ottimo affare e poi, ho parlato con alcuni membri della mia azienda e ho chiesto loro di prestarmi un ingegnere per fare studi su queste aree, e sebbene gli studi non siano stati fatti in profondità, perché per questo è necessario un materiale molto vasto e costoso, le indicazioni sono che c'è petrolio in questi luoghi.

E se c'è, tu, che possiedi la maggior quantità di terra, è più probabile che tu venga visto dall'oggi al domani con l'emergere di pochi pozzi, che produrrebbero più di venti ranch come questo in dieci anni. Vinceremmo tutti, e l'azienda per cui lavoro si precipiterebbe a mettere tutta la sua potenza economica al servizio dello sfruttamento. Ci pensi, signor Fuchs, perché la proposta è allettante.

“Anche se valesse tutto l'oro che c'è nella Banca nazionale, non lo accetterei. Solo io conosco l'affetto che ho per questi pascoli, quanto ho combattuto per vederli fiorire così come sono e per vedere il mio bestiame grasso e lucente. So solo quanto vale questo paesaggio in dono agli occhi e il valore della sua serenità. Morirei il giorno in cui vedessi appassire quest'erba che cresceva con il mio sudore e mi vedessi avvolto da quell'odore nauseabondo che solo a pensarci mi fa star male. Guadagno abbastanza con quello che ho, e non voglio di più.

Alvin, infastidito, ha risposto:

"E tu pensi che perché insisti in questo, eviterai ciò che è irrimediabile? Non apprezzi ciò che sono venuto a proporti, perché ciò che ho fatto con te posso farlo con qualsiasi altro colono o allevatore nelle vicinanze, e l'olio scorrerebbe nello stesso modo e gli effetti per te sarebbero gli stessi, ma senza beneficio.

"Credi? Ebbene, prova a vedere se sei più fortunato con qualche vicino che con me.

“Mi sta sfidando? Credi che tutti la penseranno come te quando vedranno che possono fare fortuna in poche settimane?

“Gli dico di provare a vedere se può ottenere ciò che non può con me. Non voglio sapere di petrolio, non voglio che nessuno si aggiri per la mia terra e gli metta il naso addosso se sente quel maledetto profumo, perché il primo che vedo dedicato a quello, lo lascio inchiodato dai colpi di pistola .

Alvin si irrigidì. Vi era andato sicuro del suo successo, si era fatto accompagnare da un ingegnere per iniziare le sue indagini, e aveva ricevuto lo schiaffo più sonoro che si potesse applicargli.

Ritenendosi ridicolo per quell'atteggiamento, esclamò con incisività:

"Va tutto bene. Se è una sfida, la accetterò e dedicherò i miei sforzi a localizzare il petrolio in questa zona. Ti ho offerto qualcosa che molti vorrebbero e tu mi hai risposto con uno sfogo. Quando vedi il petrolio essendo nato ai margini del tuo pascolo, allora potresti pensare diversamente.

"Il giorno in cui vedrò (se lo vedo e lo fai anche tu), l'olio uscirà insieme ai miei genitori e sarò minacciato con un tentativo di rovina..., mi sembra che qualcuno si pentirà di essersi ricordato di venire a vedere per questo qui. che è stato in grado di cercare in luoghi meno pericolosi. Difenderò ciò che è mio come lo difenderebbe il più coraggioso, e prendi nota di questo, Alvin, perché ti interessa. Se c'è così tanto petrolio in Oklahoma, cercate altrove nuove fonti e non venite a minacciare inutilmente le mie, perché non lo tollererò.

"Molto bene. Non ho intenzione di cercarlo nella tua proprietà, perché non posso, ma non c'è nessuna legge che mi impedisca di cercarlo in altri luoghi vicini. Non ci saranno altri coloni o allevatori in questo zona che sarà felice della mia proposta. Mi hai fatto considerare una questione di amor proprio cercarti qui, e poiché sono un uomo che non si tira mai indietro quando viene sfidato a qualcosa, ti cercherò e ... Ti troverò.

"Bene, avanti, sono curioso di sapere chi sarà, di tutta questa regione, quello che accetterà la sua proposta. Temo che ti fai troppe illusioni al riguardo.

«Il tempo lo dirà, signor Fuchs, e poiché tutto ciò di cui abbiamo avuto a che fare è coperto, vi lascio.

"Fai bene, perché sarà meglio per tutti.

"Chissà per chi sarà il migliore. Fino a quando non ci incontreremo di nuovo, signor Fuchs...

«Fino a quando non ci incontreremo di nuovo... ma non qui, Alvin.

"Il posto è lo stesso per me, se non è qui sarà molto vicino.

Rigido, uscì dall'ufficio senza salutare, seguito da Kaplan, l'ingegnere, che non era stato affatto coinvolto nell'aspra discussione. La sua missione era studiare la terra dove gli era stato ordinato, e il resto non lo riguardava. Ma non era molto contento dell'intervista. Aveva intuito che l'allevatore era un uomo molto rude e prevedeva che se il petrolio si fosse rovesciato nelle vicinanze e avesse danneggiato i suoi pascoli, ci sarebbe stata la guerra e sarebbe durata.

CAPITOLO III

RELAZIONI DISTRETTUALI

Virginia era nel cortile a dare da mangiare alle anatre, che nuotavano maestose sulla vasca di pietra, quando Alvin e l'ingegnere emersero sotto il portico. La giovane donna era curiosa di sapere dove fosse andato il contrabbandiere, poiché immaginava che la sua visita non fosse collegata al bestiame.

Perciò, quando avanzarono verso il recinto, chiese:

«Sta partendo adesso, signor Sekely?

"Sì..." signorina Virginia. Non è così che ti piace essere chiamato?

"Beh sì, penso di averne diritto.

"Perché sono proprio io?

"Per essere te e per essere chiunque. Non c'è motivo o relazione intima per nient'altro.

"Certo, soprattutto quando sei figlia di un potente allevatore, e io sono... o ero, un volgare e povero commerciante di bestiame.

"E questo ha a che fare?

"Molto. L'orgoglio di classe va alla testa di tanti e tanti, dimenticando che gran parte proveniva dagli strati inferiori. Tuttavia, forse non sai che anche io ho cambiato fortuna come è cambiato tuo padre quando è venuto qui, e che dopo un po' guadagnerò così tanti soldi che potrò chiamare il presidente in persona.

"Non è una questione di fortuna, signor Sekely... è una questione di educazione e delicatezza, e questo... non si compra con i soldi.

"Forse; ma la stupidità può essere comprata con i soldi a volte, e suo padre ha preso tutto ciò che c'era in Oklahoma. Sono venuto come amico per proporre un affare che molti avrebbero invidiato e lui mi ha risposto con un calcio sovrano.

Sei sicuro che non ti abbia risposto in sintonia con quello che ti meritavi? Mio padre sa trattare le persone secondo ciò che ciascuno merita.

"E tu sei stato educato nella stessa scuola.

"Non sono sua figlia per un motivo.

"Ebbene, preparati a conoscermi come saprà tuo padre, così che tu impari a saper ricambiare i favori e a non lanciare stupide minacce come se lui fosse l'unico uomo sulla terra e gli altri vermi vili che si possono schiacciare con noi il piede Non vuole l'olio, che è oro nero e giallo, anche se ne dubita, ma avrà olio finché l'odore non lo soffocherà.

"E' questo? Se lo avessi saputo, ti avrei risparmiato di dover prendere quel calcio che tanto ha fatto male..., o almeno te l'avrei dato, che sarebbe stato sempre più morbido , anche se pensi che i muli siano più pericolosi dei cavalli . No, mio padre non vuole l'olio, e se ti serve qualche consiglio, prendilo: è pericoloso provare a metterglielo davanti al naso nel caso appaiano scintille e qualcuno viene bruciato con esso.

"Lo vedremo, 'Signorina' Virginia.

"Lo sentiremo, signor Sekely, e ho la sensazione che alcuni saranno molto disturbati dal rumore.

Le voltò le spalle e si avviò verso il portico, mentre Alvin, a denti stretti, la seguiva con gli occhi e mormorava:

"Mi sembra che anche tu entrerai nella lotta. Non sopporto le ragazze stupide del tuo calibro e chissà se te ne pentirai più di me.

Virginia, tesa, dopo il suo dialogo teso con Alvin, salì nell'ufficio di suo padre. L'allevatore, posseduto da una furia illimitata, camminava come un leone in gabbia attraverso lo stretto recinto dell'ufficio.

La giovane, rendendosi conto del suo nervosismo, esclamò:

"Calmati, papà; un ragazzo del genere non merita di pensare molto. Molte cose ti hanno dato alla testa e presto ti renderai conto che è tutto solo fumo.

«Sai... sai perché è venuto?

"Sì, ho avuto una conversazione spiacevole con lui nel patio, e qualcosa che mi ha detto e... qualcosa che doveva ascoltare. Credi che valga la pena dargli importanza?

«Non so cosa dirti, Virginia. Potrò scoprirlo solo quando sarà messa alla prova la solidità dell'accordo che tutti i proprietari di questo bacino hanno firmato.

"Pensi che a qualcuno possa mancare il proprio impegno?

"Non lo so; posso solo affermare che non lo farò.

"Se gli altri si sono impegnati volontariamente...

"Devi conoscere il cuore umano e le sue debolezze, Virginia. Quando il pericolo è lontano, tutti pensiamo di essere abbastanza coraggiosi da superarlo, ma quando ce l'abbiamo sopra di noi, il valore di solito è molto diverso. Finora hanno creduto, come me, al problema dell'olio, non perché potrebbe sorgere nelle loro proprietà, ma perché potrebbe sorgere in quelle di altri e non loro, che sarebbe quello che considerano il vero danno. Penso che siano pochi quelli che, come me, vogliono la terra per quello che è in sé e non per quello che può nascondere sotto i pascoli o le spighe. Forse molti, se avessero avuto la certezza di nascondere l'olio sotto i piedi, non avrebbero firmato l'impegno; se lo facevano, era per impedire ad altri di arricchirsi con esso e potevano, invece, essere vittime della ricchezza del prossimo.

"Sì, penso che tu abbia ragione, ma se nessuno sa per certo che c'è del petrolio sotto di loro, non si azzarderanno a tradire il loro impegno e ad esporsi ad essere le prime vittime di questa dannata faccenda.

"Non lo so; tutto dipenderà da come affronteranno la battaglia e se cercheranno il punto debole di qualcuno. Comunque, non giocare con me, è pericoloso. Sono stato il primo ad essere attaccato in nome di tutti, e il prima di averlo rifiutato, anche se non mi sarebbe stato difficile permettere loro di aprire dei buchi per vedere cosa trovavano.Se ho rispettato l'accordo, che gli altri mi imitino, o per l'inferno lo giuro che chi non lo fa rispettare l'accordo, ho messo la canna della mia pistola sopra la sua tempia.

"Papà, per l'amor di Dio, non ti agitare.

«Mi avverto, Virginia. Quel tipo Alvin è un serpente velenoso e va al tuo gioco senza preoccuparsi degli altri. È molto comodo per lui provare un esperimento nei miei pascoli... sono vasti... da qualche parte potrebbe avere la fortuna di scoprire l'olio se esiste e poi... il trasloco sarebbe meraviglioso per lui. Date le dimensioni del mio ranch, pochi pozzi gli avrebbero reso un grande profitto; poteva anche affittare la sua terra ad altri; Questo sarebbe l'ideale per lui, perché anche se avrebbe esposto una manciata di dollari per aprire bocca, allora avrebbe dovuto solo aprire la mano per iniziare a ricevere denaro. Il resto, lavoro, turbamento, disagio, anche lotte, per l'azienda, per me e per i miei vicini. Lui, col dire all'azienda, c'è il petrolio, vieni i miei soldi, ne avrei abbastanza.

"E se si sbaglia e non c'è?

"Spenderà un po' di quello che la fortuna gli ha messo in tasca e lo cercherà altrove.

"Questo è scoperto per lui.

"Fino a un certo punto, per chi ha poco, può perdere poco. D'altra parte l'arroganza lo acceca ed è bastato graffiarlo un po' controcorrente, così che si è rannicchiato, lanciando le sue minacce. Penso che, per orgoglio, proverà ciò che non proverebbe per egoismo, e ha molto.

"Confidiamo che gli altri mantengano la parola data e rispondano come te.

«Ci vuole, ma per ogni evenienza dovrò mantenere una tenace vigilanza e minacciare ancora i deboli di memoria o i poveri di spirito. Ho sempre temuto l'invasione del petrolio, ma per i suoi normali canali, per una catena di eventi che lo avvicinassero a poco a poco qui, o forse che non arrivasse, se tra i luoghi più vicini dove attualmente esiste e questo bacino, si trovato un vuoto che li scoraggiava. per proseguire verso est. Quello che non avrei mai immaginato era che l'esplosione cadesse su di me per fuoco indiretto, cercando proprio me come bersaglio. Al diavolo la volta che ho incontrato quel ragazzo!

"Aspettiamo con calma, papà. Per perdere i nervi, ci sarà tempo se le cose prenderanno una brutta piega.

"No, perché quello che devo evitare è proprio questo, che possano acquisire una brutta apparenza. Devo anticipare quel ragazzo e lo farò senza perdere tempo.

E quella stessa mattina, l'allevatore, furioso, preparò il cavallo e si preparò a visitare tutti gli allevatori e coloni dei dintorni, che avevano promesso di resistere, non concedendo agevolazioni per convertire quei campi e quei prati verdi in un inferno nero di sudicie olio, cattivi odori, desolazione e un vivaio di uomini maleducati e guerrieri, dediti al duro compito di maneggiare un elemento così nauseante.

Quando camminavo nella dolcezza verde del paesaggio sotto la carezza del sole, quando contemplavo in lontananza la nota commovente del bestiame che brucava dolcemente l'erba, o la gloria delle spighe di grano che ondeggiavano in dolci onde, accarezzate dal brezza mattutina, sentiva la rabbia di un vulcano in eruzione accendergli il sangue, mentre rifletteva su cosa avrebbe significato vedere distrutta tutta quella ricchezza naturale, trasformarla in una foresta di rozze torri di legno, vomitando getti di petrolio mescolato a terra nel atmosfera limpida e trasformando tutto in un pantano sporco puzzolente e devastante.

Non poteva acconsentire, non voleva acconsentire e avrebbe rischiato non solo la proprietà, ma la sua vita nell'impresa. Se invece del petrolio fosse stato oro vero quello che la terra aveva racchiuso, niente avrebbe avuto importanza. I loro pascoli e il loro bestiame non avrebbero sofferto nulla, perché intorno alle loro proprietà la terra si sarebbe aperta fino a essere trafitta da una parte all'altra, perché l'oro, né macchiato né diffuso, né devastato e arso le viscere della terra come una maledizione di Dio . Avrebbe avuto le naturali difficoltà contro l'avidità dei cercatori, ma queste lotte avrebbero avuto lo stesso con i cercatori di petrolio, oltre al resto degli inconvenienti.

La mattinata è andata persa a fare visite. Più e più volte ha dovuto spiegare la violenta discussione con l'ex commerciante di bestiame, le sue minacce per non avergli permesso di depredare le sue terre e metterci il marchio della discordia, minacce che aveva raccolto da uomo a uomo, per sostenerli nel terreno che Alvin vorrebbe considerare.

E le sue ultime frasi erano sempre le stesse:

"Niente ti dà il diritto di assicurarti che qui ci sia petrolio. Stavo cercando di dimostrarlo a mie spese, di anticipare gli altri, ma sono sicuro che è tutto un tentativo di tentare la fortuna a caso e niente di più. Ora, proprio per vendicarsi del mio rifiuto, sono certo che proverà a seminare la zizzania tra tutti, assicurando ciò che non può assicurare, solo per rompere la nostra armonia. Spero che ognuno di noi adempia al proprio impegno e che nessuno porti a conseguenze gravi. Abbiamo soppesato i pro ei contro prima di impegnarci, e la parola degli uomini va conservata al di sopra di ogni altra cosa.

Era tutto quello che poteva fare, e anche se nessuno osava contraddirlo, tornò con il timore che Alvin avesse abbastanza ingegnosità da produrre irrequietezza negli animi provocando una seria frattura.

Il minimo era che avrebbe fatto esitare qualcuno e lo avrebbe costretto a fallire il suo impegno, permettendogli di svolgere un sondaggio, la cosa tragica sarebbe se il sondaggio fosse stato fortunato e avesse causato la catastrofe, che stava cercando di evitare .

Dai rapporti che aveva acquisito, il petrolio veniva sfruttato in modo molto più centralizzato. Era lì dove, per il momento, si produceva il fulcro della febbre e dove si combatteva e lavorava ventiquattro ore su ventiquattro, per assistere più o meno efficacemente a raccogliere ciò che germogliava, come se tutta la terra fosse cava e l'olio faticasse uscire al primo buchetto che si apriva in esso poco profondo.

Secondo alcuni testimoni che avevano percorso parte dell'area, gran parte del germogliato era andato perduto per mancanza di luoghi adeguati dove conservarlo fino a quando non poteva essere raccolto. Ne sgorgavano enormi getti, che poi si riversavano come torrenti pestilenziali, bruciando la terra attraverso cui scorrevano, bruciando campi e prati, entrando nei campi vicini per rovinare le persone colpite e provocando conflitti e lotte, che minacciavano di riprodursi in un altro senso. , quali erano i dintorni di San Francisco nell'anno 48.

Questi rapporti furono ricevuti due giorni dopo, corretti e integrati da un testimone oculare di quell'inferno.

Era un nipote di Armour, figlio di una sorella di sua cognata.

Joseff Fuchs, il fratello di Armor, era sposato con una texana di nome Clara, che a sua volta aveva una sorella vedova con un figlio di nome Gleen.

I fratelli di Armor cercarono di aiutare la vedova ad andare avanti finché suo figlio non potesse aiutarla e quello che contribuì di più a questo aiuto fu Armor, poiché stava meglio.

Più tardi, quando ha saputo chi era il ragazzo e quanto intelligente e volenteroso si stesse manifestando per farsi strada nella vita, ha deciso di aiutarlo ad andare avanti e ha pagato i suoi studi alla McAlester, dove si è applicato così tanto, che alle marce forzate , dimostrando la sua abilità e talento, stava finendo la sua laurea in legge nella metà del tempo che chiunque altro avrebbe impiegato per il suo studio.

Armor era lusingato non solo dall'intelligenza di Gleen, ma dalla sua autostima per accorciare le distanze e terminare la sua carriera il prima possibile, essendo il meno gravoso possibile per coloro che lo aiutavano, e poiché era anche un combattente, sapeva meglio di l'apprezzamento di chiunque altro. capacità del ragazzo e il suo spirito coraggioso di sfondare nella vita.

Ogni estate Gleen, dopo una breve visita con sua madre, andava in vacanza all'Armor Ranch, dove veniva accolta calorosamente. Armor era orgoglioso di Gleen, perché qualunque cosa fosse il ragazzo nella vita, lo considerava opera sua, e anche perché era un giovane eccellente e grato.

Ed era proprio Gleen che si era appena presentata al ranch in previsione della sua vacanza.

Forse a causa del troppo studio e del troppo lavoro, era malato da qualche settimana, accusandolo della fatica, e le maestre gli avevano concesso un mese di permesso per riprendersi. Sapevano che i suoi studi erano così avanzati, che questa interruzione non avrebbe influenzato così che al momento degli esami, ha superato le sue materie.

Armour rimase sorpreso dalla sua visita inaspettata e prematura, ma gli bastò osservare che il ragazzo era dimagrito molto e aveva gli occhi infossati e le guance aguzze, per capire quanto avesse bisogno di riposo e di aria fresca e tonificante.

"Come fai ad andare da queste parti così presto? "Chiedo.

"Mi hanno costretto a sospendere gli studi per un mese, zio" ha risposto. Da qualche settimana ero molto affaticata e avevo forti mal di testa, e mi consigliavano un mese di riposo, e non volevo andare da mia madre direttamente, per non allarmarla se mi vedeva in questo stato. Ecco perché sono venuto qui.

"Hai fatto bene. Dopotutto, nessuno ti sta spingendo a fare questo sforzo. Sai che ti aiuto con tanto affetto, perché oltre a sapere che ne vali, so che non sei un prendisole, ma un ragazzo diligente che vuole farti uomo. Non mi importa che ci voglia un anno o giù di lì per finire la laurea, ma che la finisci normalmente.

"Mi resta poco, amico. Ho superato due corsi ogni anno, e il prossimo finirò la laurea. Voglio farlo, stabilirmi nella capitale per vedere se sono fortunato e prendo mia madre al mio fianco. e io sono stato solo un peso per te. È un peccato che tu non sia in grado di esercitarlo in questo momento, perché non hai idea delle cause legali e delle lotte che stanno avvenendo a causa di quella stupida corsa al petrolio. Credo che se continua così, sarà necessario reclutare annegati in tutti gli Stati dell'Unione, per portarli in Oklahoma.

«Il peccato è che non scoppiano tutti e sprofondano nei loro maledetti pozzi. Penso che sia l'inferno.

«Non lo sai davvero, zio. Sono arrivato da McAlester attraverso il giacimento petrolifero attraverso il fiume Muddy Boggy e non hai idea di cosa sia. Tutto ciò che era bello e attraente nel paesaggio è morto e si è trasformato in immense paludi nere, che puzzano e danno le vertigini. I campi che stavano per dare i loro frutti sono caduti quando il terreno si è impregnato di olio e ha avvelenato le spighe. Molti pascoli dove aveva bestiame sono diventati terra bruciata, e i loro proprietari hanno dovuto emigrare con il bestiame per salvarli, so di aspre lotte tra i feriti e coloro che hanno trovato olio sulle loro terre, proprio a causa dei danni causati ai quelli che non hanno niente a che fare con quei pozzi.

I villaggi, un tempo tranquilli, sono diventati manicomi slegati, avventurieri da ogni parte vengono a sentire l'odore del petrolio, alcuni per lavorare, altri per viverci come può. Non c'è posto dove stare, la vita è diventata terribilmente costosa e tutto scarseggia; l'alcol è in aumento e la violenza regna ovunque.

»Le aziende sfruttatrici cercano di uscire da questo pettegolezzo petrolifero, di approfittarne, ma la realtà le travolge. Le persone sono così sciocche che credono che tutto si risolva aprendo un buco e facendo sgorgare un flusso infinito di petrolio, ma poi, quando l'hanno visto nascere, arrivano la disperazione e i guai. Il resto non hanno previsto, mancano depositi dove raccoglierlo, sfugge inutilmente ovunque, provocando danni e perdite a lunghe distanze, cercano febbrilmente un modo per contenerlo scavando nuovamente la terra per produrre lagune che si riempiono prima di Aperto. Per il resto, posso dirvi alcune cose a cui ho assistito che vi daranno un'idea di cosa sia quell'inferno.

»Per raccogliere in qualche modo il petrolio, cercano le navi dove si trovano, di qualunque tipo esse siano. Ho visto derubare una taverna e rovesciare i tini del vino per metterci dentro l'olio, entrano nelle case, sequestrano secchi e altri recipienti per lo stesso scopo, e ogni saccheggio è una rissa o una rissa, talvolta con spargimento di sangue.

»E lo stesso accade con i veicoli, qualunque essi siano, poiché sono indispensabili per estrarre l'olio e trasportarlo dove viene raffinato, o per consegnarlo a chi lo acquista crudo.

»Chi ha i mezzi, paga i carri al prezzo che gli chiedono, chi non ha di più, un getto d'olio che una volta rinato si infiltra nella terra per mancanza di mezzi per raccoglierlo, lotta per afferrare loro dalle riprese. Le aziende che iniziano a organizzare la raccolta, portano veicoli, che a volte vengono derubati sui sentieri da chi ne è sprovvisto.

»Ho visto arrivare alcune carovane di carri con container, scortate da uomini armati di fucili, che devono combattere vere battaglie con chi esce per strada cercando di impadronirsi di tale prezioso materiale, e nonostante l'afflusso di avventurieri, c'è non abbastanza manodopera per lavorare correttamente nei pozzi.

»Offrono loro stipendi che non hanno mai sognato, anche se il lavoro non è pagato con nulla, poiché è il più doloroso e maleducato che abbia mai visto. Ma i soldi fanno miracoli.

“Lavorano come buoi e poi, appena pagati, vanno nelle osterie per scrollarsi di dosso l'odore dell'olio alcolico e si ubriacano e litigano e sono come mandrie di bufali che si aggirano per le strade dei paesi. Qualcosa che mi ha fatto rizzare i capelli e mi ha fatto abbandonare più che velocemente per non sentirmi completamente pazzo.

»Non dubito che tutto questo sarà un'immensa ricchezza che produrrà grandi benefici e sarà molto utile all'economia della nazione, ma tali guadagni e benefici possono essere perdonati per non aver sostenuto queste immagini dannose e per i danni che provocano a chi non ha niente. a che fare con il petrolio, né ne vogliono sapere, che sono parecchi.

"È triste e triste contemplare stupidamente ciò che è stato perso in quella zona. Tu che sei innamorato del paesaggio, dei suoi pascoli, dei frutteti e dei fiori, la tua anima cadrebbe ai tuoi piedi se soffrissi il tormento di contemplare tali quadri. È un po' come lasciare un paradiso per ritrovarsi improvvisamente nelle viscere di un inferno.

Armor, che aveva ascoltato a denti stretti, disse in tono sordo:

"Hai ragione, Glen; l'hai dipinto come l'avevo immaginato senza vederlo, e solo pensando che può venire qui, mi sento pazzo e voglio prendere un fucile e iniziare a sparare con tutto ciò che mi circonda. Sono contento che tu sia un testimone oculare, perché avrò bisogno della tua testimonianza in modo che tu faccia sapere ad alcuni che ne avranno bisogno.

"Qui? Fortunatamente, sei fortunato che questo sia lontano.

"Questo è quello che non sai, Gleen. Ho alcune cose da dirti su questa faccenda, perché ho la sensazione che stiano arrivando eventi piuttosto tragici ed è bello essere preparati ad affrontarli.

CAPITOLO IV

UNA PROPOSTA E UNA LOTTA

Alvin andò da Wesley con l'ingegnere e chiese una stanza alla locanda.

Lì regnava la più assoluta tranquillità e la vita non offriva preoccupazioni né scosse.

Quando furono installati, si incontrarono nella stanza di Alvin e l'ingegnere chiese:

"Ora cosa ha intenzione di fare, signor Sekely? L'azienda mi ha ordinato di accompagnarti perché avevi assicurato che si sarebbero potuti iniziare dei lavori di verifica sul pascolo di quel rancher. Dopo l'accoglienza che ci avete riservato, non credo di sperare di convincervi ad autorizzarla.

"Non lo so, ma mi ha lanciato una sfida in faccia e l'ho raccolta. Gli giuro che se il sottosuolo di questo spazio contiene petrolio, affogherò lui e il suo bestiame con fiumi di benzina.

"Credi che ne valga la pena? Qui non sono ancora stati fatti sondaggi e non si sa se si troverà. Rischia di seppellire qui quello che ti sei guadagnato altrove, solo per il capriccio di combattere con quell'uomo, che mi sembra troppo severo.Pensa che se, dopotutto, fallisci e non puoi avviare sonde o solo aprire buche a secco, verrai deriso molto.

"È una lotteria in cui entrambi abbiamo le stesse possibilità di vincere o perdere. Se mi avesse trattato diversamente, forse si sarebbe dimesso, ma è stato così superbo che ha persino osato dire che qui non troverò nessuno disposto a tentare la fortuna. Si crede che poiché si prende cura dei suoi pascoli e del bestiame e ha soldi per non averne bisogno, altri disprezzeranno la possibilità di diventare più ricchi di lui durante la notte. Voglio mostrarti che ti sbagli e ci proverò dopo. Da queste parti ci sono piccoli coloni stabiliti molto vicino alle loro terre. Sarò d'accordo con qualcuno, aprirò dei buchi nelle loro terre e se esce olio... cosa riderò quando scivolerà nei solchi ed entrerà nei loro pascoli, bruciandoli e lasciando il loro bestiame trasformato in scheletri!

L'ingegnere rispose dolcemente:

"Se sei disposto a farlo, non posso impedirlo, ma mi sembra che tu abbia valutato molto male il carattere e l'aggressività di quell'uomo. Immagino che tu sia molto pagato dalla tua proprietà e se fai quella mossa temo che ci sarà uno spreco di piombo fuso.

"Ho la mia parte sul tamburo del revolver.

"Molto bene, allora vai avanti. Quello che devo avvertirti è che o mi fornisci un modo per adempiere alla mia missione, oppure torno a McAlester per mettermi agli ordini della Società. La mia presenza su altri siti può essere più utile.

"Molto bene. Riposati per oggi e domani vedremo cosa si può fare.

Alvin era deciso a non tirarsi indietro nei suoi sforzi per combattere l'allevatore e sconfiggerlo il più lontano possibile nell'attacco e quindi, dopo aver studiato la situazione dei proprietari del bacino, ha riportato i nomi dei due coloni più vicini a i pascoli dell'Armatura.

Con questi rapporti, condusse un sopralluogo di entrambe le proprietà e decise per quello di Steve Evanston, il cui terreno, posto in leggera pendenza, sembrava il più adatto, perché se si fosse accordato con lui e avesse ottenuto il petrolio, era sicuro che i primi mille di litri che si perdevano fino a poter essere imbottigliati, scivolavano lungo il pendio del terreno fino ad entrare nei pastori dell'Armatura, precisamente nella parte centrale della proprietà.

Questa possibilità fece brillare come brace gli aggressivi occhi neri di Alvin. Fu punto dall'alterigia e dalle minacce dell'allevatore e anche dal tono offensivo che sua figlia aveva usato con lui. Farebbe capire loro che non era un nemico mite, che poteva essere graffiato senza rispondere con un calpestamento.

Steve stava lavorando nella sua terra quando Alvin si è presentato. Il colono lo guardò dall'alto in basso sorpreso e si chiese chi fosse questo tipo compiaciuto.

"Cosa volevi?" chiedo.

«Suppongo di avere il piacere di parlare con il signor Evanston.

"In effetti, io sono Evanston.

"Piacere di conoscerti. Potresti prestarmi attenzione per qualche minuto?

"Perché no? Dirai quello che vuoi.

"Beh, vedrai; io sono un membro dello staff senior della Oklahoma Oil Company, la compagnia più forte che attualmente controlla la più grande produzione di petrolio che nasce dal suolo di questo Stato.

»La mia azienda sta per estendere la propria attività in vari luoghi non ancora sfruttati, e il più vicino ad essere sfruttato è proprio quest'area, perché secondo studi condotti di nascosto dai nostri prestigiosi ingegneri, c'è l'assoluta certezza che in questo bacino c'è un enorme e ricco duomo petrolifero, la cui capacità di arricchire dall'oggi al domani molti, che oggi, per vivere equamente, devono lavorare eccessivamente tutto l'anno, guadagnando molto meno. Sono stato incaricato con uno dei nostri ingegneri di studiare il terreno e proporre il sito oi siti dove si può procedere per aprire i primi pozzi esplorativi e poiché sono un uomo che ha lottato molto con la povertà per farsi strada e guadagnare denaro, Mi sento propenso a favorire i più umili in questo senso.

"Per esempio. Potrei iniziare proponendo al suo vicino, l'allevatore Mr. Fuchs, di iniziare i lavori sulla sua terra; c'è più possibilità di esplorazione, lì si potrebbero perforare abbastanza pozzi e trasformarli in una vera miniera d'oro basata sul olio che contiene, ma non è giusto favorire chi ha di più, ma al contrario aiutare i più deboli, perché la ricchezza deve prima distribuirsi e aiutare chi più ne ha bisogno.

"Da queste parti, come ho potuto verificare, ci sono alcuni coloni le cui proprietà non dovrebbero fruttare loro molto, tra cui voi e ho deciso di contattare uno di voi per dare loro questa opportunità che meritano, per la loro diligenza e la loro povertà prestazioni nel loro lavoro.

»Se preferisci, possiamo discutere le condizioni per avviare la scansione. Ti do in affitto un pezzo della tua terra e ti pago più di quanto tu possa usare in un anno. Se per caso il tentativo fosse fallito, non avresti perso nulla. Una volta raccolto ciò che potresti ottenere dallo sfruttamento della terra e anche di più, il contratto di locazione verrebbe annullato e avresti nuovamente la proprietà del tuo appezzamento e continueresti a piantarlo come hai fatto prima.

»Tu mi dici l'importo che stimi che dovrei pagarti e io te lo pago. A parte questo, se si scoprisse il petrolio, la Compagnia si occuperebbe dello sfruttamento, riservandole il venti per cento degli utili e se non volesse questa partecipazione si troverebbe un accordo per l'acquisizione dei suoi terreni. In ogni caso faresti un grosso guadagno e se non volessi sapere nulla del petrolio, con quello che ti abbiamo dato per il tuo appezzamento, potresti acquistarne altri dieci volte di più, in Texas o dove ritieni opportuno.

»Questo per vostra maggiore garanzia, possiamo tradurlo in un contratto per la vostra tranquillità e affinché apprezziate che agiamo in buona fede, poiché è un business che permette a tutti noi di vincere.

Il colono, senza fare alcun commento, ascoltò nervosamente, nonostante tutto ciò che era stato discusso con Armour e il resto di quelli seduti lì, la proposta era allettante. Se non si trovava il petrolio, poiché gli avrebbero pagato anticipatamente e in maggior misura ciò che perdeva non lavorando la terra, non avrebbe perso nulla, ma al contrario e se era vero che nasceva il petrolio, allora la sua fantasia cominciava a volare , calcolando la quantità di migliaia di dollari che produrrebbe.

Ma con timore, ha commentato:

“Dici che c'è la certezza che ci sia petrolio in questa zona?

"Certo. Se no, perché dovremmo rischiare il nostro lavoro e i nostri soldi scavando pozzi inutili? Capisci che sarebbe stupido, ci sono zone dove c'è ancora molto da sfruttare.

“Sì, ma il fatto che qui c'è il petrolio non significa che sia proprio sotto i miei campi e che germoglierà proprio nel pezzo di terra che tagli per cercarlo.

“Quando si sa che l'olio esiste e soprattutto in quantità, la cosa quasi certa è che germoglierà dove prima è provvisto di bocca di espansione. Ad esempio, se dietro quel lungo argine si nascondesse una cisterna per l'acqua, cosa farebbe per aprire un buco nella parte laggiù piuttosto che nella parte qui, per far sgorgare la sorgente? L'acqua scorrerebbe dove è stata fornita la presa.

"Sì, giusto; in questo hai ragione.

“Dal momento che hai capito, possiamo discutere il contratto di locazione per iniziare immediatamente.

Il colono, soffocando nel parlare, perché il suo egoismo era stato appena acceso ben alimentato dalle abbaglianti promesse di Alvin, disse con voce roca:

“Capisco che quello che proponi sia molto vantaggioso, ma mi ritrovo legato mani e piedi ad accettarlo.

"Perché?

"Perché io, così come tutti i grandi e piccoli proprietari di questo bacino, ho firmato un documento in cui promettiamo di non consentire alcuna esplorazione sulle nostre terre.

"Ehi, che ne dici?

"Ecco come stanno le cose. Il signor Fuchs ci ha riuniti, ci ha fatto vedere i pericoli posti dalla questione del petrolio e i danni che potrebbe causare ad alcuni, anche se ha giovato ad altri, dal momento che non tutti noi avremmo avuto la fortuna di trovare petrolio sul nostro suolo e abbiamo firmato un documento impegnandoci a non cedere le terre per tali prove, e anche a difenderci reciprocamente che nessuno è venuto a trasformare la terra in una pozza fangosa e distruttiva di ciò che abbiamo lavorato tanto per fare fiorire.

Alvin si stava mordendo il labbro per le spiegazioni del colono, e ora ricordava perché Fuchs lo aveva sfidato a tentare la fortuna con un altro proprietario di bacini. Li aveva tutti saldamente legati e questa era quella che credeva fosse la sua forza.

E furioso, ha commentato:

"E sei stato così stupido o così ingenuo da aver firmato quell'impegno?

"Hai ragione; la situazione era dipinta con colori così cupi che pensavamo di scegliere il male minore.

"Per tutti i santi! Come quell'avvoltoio ha abusato del suo candore, signor Evanston. È stato come se un ricco sapesse che dietro una roccia c'era un tesoro e perché altri non ne approfittassero, dicesse loro: non mordetelo e cercatelo, perché la pietra potrebbe cadere su di loro. Che importa a lui che tu esca dalla tua quasi povertà, se ha abbastanza soldi per vivere magnificamente? Quello che vuole è che nessuno minacci i suoi e viva tranquillamente con ciò che ha, senza ulteriori complicazioni. Non può essere e devi rettificare.

"Non è possibile, siamo impegnati con la nostra azienda. Se qualcuno di noi non lo fa, gli altri hanno il diritto di intervenire per impedirci di rompere il patto. Per me sarebbe un impegno che gli altri mi saltassero addosso, e invadere la mia proprietà, impedendomi non solo di tentare la fortuna, ma anche di danneggiarmi in ciò che questo attualmente mi provoca.

"E pensi che tutti la pensino come te?

"Non che io la pensi così. È che mi sono impegnato in questo e sono obbligato a soddisfarlo.

"Cosa accadrebbe se qualcuno meno scrupoloso o meno timoroso di te vedesse le cose diversamente e rinunciasse a quel patto? Puoi ritrattare e in tal caso avresti perso ciò che qualcun altro può guadagnare.

"È possibile, ma senza garanzie, non posso espormi al fatto che non c'è petrolio sulla mia terra e anche alle rappresaglie dei miei colleghi per non aver rispettato l'accordo. Lei ha affermato di non volerlo proporre all'onorevole Fuchs. Perché?

"Te lo dico già; perché sono i meno meritevoli di aiuto.

"Eppure, prima che tu venissi, sei stato qui per avvertirmi che avrei ricevuto la visita di qualcuno per farmi questa proposta perché l'aveva rifiutata. Stando così le cose e dandogli un esempio di formalità, il resto di noi è obbligato a imitarlo.

"Con cosa sei venuto a dirlo? Fuchs è un bugiardo e quello che succede è che è arrabbiato con me per questioni particolari e teme le rappresaglie che posso prendere con lui, ripeto che è un bugiardo e che io.. .

Alvin non finì la frase. Dietro di lui era emerso un giovane ragazzo, alto, duttile, di bell'aspetto e ben vestito, che con freddo accento domandò:

"Di chi stava parlando, signori?

Alvin si voltò velocemente e guardò il giovane. Non lo conosceva e non gli piaceva che un intruso si intromettesse nei suoi affari.

"È qualcosa che ti interessa, amico?

"Non lo so, dipende con chi stai parlando.

"Questo è qualcosa che non ti interessa, perché sono affari tra il signor Evanston e me.

"Molto bene, ma si parla di un terzo e su di lui si fanno affermazioni forti, le vuoi ripetere?

Alvin ha risposto con rabbia:

"E perché no? Dicevo che il signor Fuchs mi odia per ragioni particolari e questo lo ha portato a mentire, dicendo che gli avevo proposto prima di chiunque altro di cercare petrolio sulla sua terra.

La mano sottile ma energica di Gleen afferrò rapidamente il risvolto della giacca ben tagliata di Alvin e il contrario gli cadde brutalmente sulla bocca, mentre il giovane con un accento tagliente, urlava:

«Ripetilo se osi di nuovo, porco bugiardo.

Alvin, di fronte all'inaspettata aggressione, cercò di scrollarsi di dosso la pressione di quel pugno di ferro, mentre cercava di restituire il colpo al ragazzo scagliato, ma questo, che doveva aver imparato nella scuola dove studiava elementi di pugilato, sfuggì con un gesto buffo il diretto che Alvin gli mandò e lui rispose con un altro all'occhio destro, alzando in esso una coccarda viola con rigonfiamento avvizzito della parte colpita.

Alvin si mosse e ora si allungò al fianco per prendere la rivoltella, ma Gleen non glielo permise. Più veloce di lui, tirò la fondina con la pistola, la gettò via e gridò:

"Gli uomini che pretendono di esserlo, lo dimostrano combattendo con le loro armi naturali. Dai, difenditi, ti darò una botta che ti toglierò la voglia di tornare a lanciare bugie come quelle che ho sentito.

Alvin, cieco di rabbia per i colpi ricevuti e per il ridicolo che stava correndo, cercò di liberarsi del rivale, che si stava rivelando più pericoloso di quanto sembrasse dal suo aspetto e si lanciò alla cieca su di lui, ma agile Gleen, dominando il situazione, sereno e senza nervi, schivò elegantemente tutti i rozzi tentativi di attacco del suo nemico e usando la sua bella scherma come un pugile, approfittò di tutte le opportunità che il suo avversario gli offriva, per infliggere colpi e botte che demoralizzavano l'ex trafficante e spezzò le sue forze fino a esaurire le loro energie.

Sputando sangue dalla bocca e dal naso, accusando i segni violacei delle nocche dure del suo avversario, sbuffava di angoscia ed emetteva grugniti inarticolati ogni volta che il dolore gli scuoteva la carne. Stava prendendo un terribile pestaggio, lanciando a malapena un'occhiata al suo avversario due o tre volte.

Finché non ricevette un pugno al petto, cadde a terra, dove ansimò, come se gli mancasse fatalmente l'aria dai polmoni.

Il colono, un po' pallido, ha assistito alla rissa senza intervenire. Sono rimasto colpito dalla forza di Gleen,   che lo avvertiva che se avesse mancato ai suoi impegni, avrebbe potuto essere esposto a qualcosa di simile.

Gleen, vedendo l'ex trafficante quasi distrutto, lo guardò rotolarsi a terra angosciato e avvertì:

"Questo è il primo avviso che ricevi. Se non mi conosci, ti dirò che sono il nipote del signor Fuchs e che so tutto. Sei stato a vedere mio zio per proporre la stessa cosa che lui è venuto a proporre qui e ti sei infuriato quando ha rifiutato e gli ha detto che nessuno avrebbe aperto le proprie terre anche se rinchiudesse il valore della Banca Nazionale nel petrolio .

"Hai minacciato di provare altrove e lui ti ha detto di provare e vedere se potevi.

Non sarei entrato in niente se non l'avessi sentito così palesemente in malafede. Sei arrivato in queste terre con l'inganno, dove erano già stati avvertiti della tua possibile presenza, ma per la tua mancanza di scrupoli, ho dovuto intervenire. Mi chiedo quali garanzie avrebbero questi coloni, se si lasciassero sedurre dal canto delle sirene e accettassero le loro proposte. L'uomo che è così vile che fa appello all'inganno per ottenere ciò che si propone di fare, inganna anche la sua ombra in tutti gli aspetti della vita.

»E adesso, è meglio che sparisca di qui se non vuole che le cose accadano di più. L'intero bacino si è impegnato a non consentire lo scavo di pozzi sulle loro proprietà e onoreranno la loro parola, o otterranno ciò che meritano per la loro mancanza di serietà. Sei avvisato.

Fece qualche passo in avanti, prese la rivoltella di Alvin e la scaricò, gettandola ai suoi piedi. Poi ha aggiunto:

"La prossima volta che ti imbatti in me, se insisti a restare qui, non intendi più tirare fuori questa cosa, perché è facile che la tua mano si attacchi e non potrai più usarla. Ti consiglio davvero di sapere come gestire un puledro così come posso gestire i miei pugni.

E voltandosi, scomparve per tornare al ranch, dove ignoravano il suo tremendo intervento nella causa.

CAPITOLO V

ANSIA DI LOTTA

Virginia era nel cortile vicino al pilone quando Gleen fece la sua ricomparsa. La giovane donna lo guardò un attimo e sembrò notare un certo disordine nella correzione impeccabile del suo abbigliamento. Sapendo quanto fosse attento in quell'aspetto della sua presentazione, ha commentato:

"Cosa hai fatto per essere un po' disordinata, Gleen?

Guardò i suoi vestiti e, rendendosene conto, cercò di correggere i difetti.

"Poteva essere di più, ma per fortuna non è andata oltre un po' di irregolarità nei vestiti. Ho avuto una piacevole conversazione con il tuo amico Alvin, sul terreno di uno dei coloni vicino ai tuoi pascoli e non ho potuto evitare i piccoli danni.

Capì subito il significato delle frasi del ragazzo ed esclamò allarmata:

"Gleen, non mi dirai che sei rimasta con lui.

"Beh, questa non è la frase corretta. Non l'ho colpito, perché non gli ho permesso di colpire me, ma invece l'ho colpito.

"Perché? Aggraveremo le cose più di quanto non siano?

"Non lo so, né mi interessa. Quello che so è che chi parla male di tuo padre davanti a me, o attribuisce falsità a lui, quello, ingoia le parole ei denti.

"Come? Quell'avvoltoio ha osato insultare mio padre?

«Qualcosa di questo. Quando sono arrivato dicevo che tuo padre era un bugiardo se sosteneva di essere stato qui prima a proporre a mio zio la ricerca dell'olio nei suoi pascoli e che cercava di impedire ad altri di guadagnare denaro perché aveva troppi soldi. L'ho invitato a ripetere quelle falsità e mentre lo faceva gli ho schiacciato la bocca con un pugno. Il resto si può presumere: ha cercato di ribellarsi a me, ma è così povero di risorse combattendo, quanto ricco l'uomo maneggiando la sua lingua disgustosa e gli ho dato un pestaggio che l'ho lasciato a terra e mezzo sfinito, per alcuni giorni.Spero che la lezione vada bene, ma se non lo fa, peggio per lui.

Virginia prese le mani di Gleen e disse eccitata:

"Grazie Gleen, sei sempre stato un bravo ragazzo e molto grato a mio padre, che ti vuole bene come un figlio. Non devo dirti altro, perché chi ama mio padre ama me e chi ama mio padre ama anche me. Hai fatto bene a venire in sua difesa in quel modo, perché se fossi stato un uomo e al tuo posto, avrei fatto la stessa cosa.

"Ci credo, sei anche coraggioso ed è un peccato che tu non sia nato uomo. Beh, voglio dire, guardando le cose dal punto di vista di tuo padre. Per me sono più felice di avere un cugino carino e amichevole come te, che un cugino combattente e scontroso. È più facile capirti come donna che come uomo.

"Bene, smettila con la galanteria ora. Cosa pensi che accadrà?

"Cosa ne so, Virginia? Tutto dipende da come reagisce quel ragazzo e dalle persone che può mobilitare per cercare complicazioni per noi. Lui da solo potrebbe fare poco, soprattutto se non riesce a trovare persone disposte a concedergli quelle prove che sogna di tanto.

«Hai ragione. Bisognerà aspettare e vedere cosa farà dopo il pestaggio che gli hai inflitto. Mi sarebbe piaciuto vedere com'era con come veniva compiaciuto. Sembrava un pidocchio pulito, lui che ha sempre vestito da pedina benestante migliore o peggiore.

«Puoi capirlo, Virginia. Almeno, posso assicurarti che con l'abito che indossava, sarebbe stato difficile per lui presentarsi a una riunione.

Rise dell'accaduto e Gleen si unì alla sua risata, rimanendo sorpresa in queste manifestazioni di gioia da Armor, che era appena apparso al ranch.

Compiaciuto del buon umore della coppia, è andato avanti chiedendo:

"C'è ancora qualcosa per poter partecipare anche io alla festa?

Virginia si fece avanti dicendo:

"Penso che ci sia ancora molto da fare per te, papà. Stavamo ridendo di Alvin.

"Da Alvin?

"Sì, soprattutto di come è stato il suo vestito nuovo di zecca dopo il pestaggio che Gleen gli ha inflitto di recente.

"Come? Che cosa hai combinato con Alvin?

«Che ho colpito Alvin, amico. L'ho sorpreso insultandolo e raccontando menzogne su di te e non ha osato ripeterle davanti a me, perché gli ho chiuso la bocca con i pugni.

Su sollecitazione dell'allevatore, gli raccontò dell'incidente e Armour commentò:

"Vi ringrazio per quel coraggioso intervento, non solo a dimostrazione di ciò che lo attende se si ostina a farmi la guerra, ma anche di quale esempio e minaccia può significare per coloro che si lasciano vincere dalla tentazione, se quell'avvoltoio insiste sul canto della sirena. Il nostro successo si basa sul fatto che ognuno di loro rispetti l'accordo ed è bene che sappiano che essendo stati i primi a rifiutare l'offerta, hanno il diritto di esigere che gli altri lo rispettino come me. Comunque non mi sento tranquillo. Alvin è una creatura cattiva e se si convince che da solo non può fare nulla temo quello che è capace di fare per vendetta. In situazioni anormali come queste, non mancano gli avventurieri senza scrupoli che per una manciata di dollari sono capaci delle più grandi atrocità. Sarà necessario predisporre una severa sorveglianza intorno all'intero bacino, per evitare scossoni imprevisti. Potrebbero non essere in grado di cercare petrolio sulle nostre terre, ma possono produrre attacchi e causare gravi danni a chi rifiuta di sostenere i loro progetti e se ciò accade, con quale forza morale possono essere sottoposti e costretti a subire danni per aver sostenuto loro? Un atteggiamento che, se lo considero vantaggioso per tutti, non tutti possono continuare a credere che sia il migliore, soprattutto se si rischia di subire gravi perdite? con quale forza morale possono essere assoggettati e costretti a subire danni per averli sostenuti? Un atteggiamento che, se lo considero vantaggioso per tutti, non tutti possono continuare a credere che sia il migliore, soprattutto se si rischia di subire gravi perdite? con quale forza morale possono essere assoggettati e costretti a subire danni per averli sostenuti? Un atteggiamento che, se lo considero vantaggioso per tutti, non tutti possono continuare a credere che sia il migliore, soprattutto se si rischia di subire gravi perdite?

«Staremo a guardare, amico. Proprio non ho niente da fare durante questo mese di vacanza e servirà da intrattenimento, mentre vado a cavallo e respiro l'aria fresca che è ciò di cui ho bisogno.

Virginia protestò:

«No, non indossi una maglietta a undici canne, Gleen.

"Perchè no?

"Perché se ti dovesse succedere qualcosa, ti rendi conto della responsabilità che sarebbe per noi? Hai una madre da vegliare e glielo devi.

«Bene, ma lo devo anche a tuo padre. Cosa sarebbe successo a me e mia madre senza l'aiuto generoso e disinteressato che ci ha dato e soprattutto a me, che se presto vedrò realizzati i miei sogni di essere qualcosa nella vita, lo devo solo a lui? Mio padre non avrebbe fatto di più per me e sarei ingrato se non cercasse di pagare quella protezione con l'unica cosa che posso permettermi.

"Abbiamo uomini al nostro servizio che possono portare a termine questa missione.

"Non ne dubito, ma quando si tratta di esporre qualcosa, sono più obbligato di loro. Fanno pagare uno stipendio per lavorare e non sono soggetti a più eccessi, io non faccio altro che per me stesso e mi pagano. Non ne discuteremo perché non mi convinceresti, Virginia.

L'allevatore, compiaciuto delle parole di Gleen e della sua ferma determinazione e coraggio, rispose:

«Lo studieremo, Gleen. Tutti possiamo fare qualcosa di utile e dipenderà dalle circostanze.

Nel frattempo, nelle terre di Evanston, aveva cercato di aiutare Alvin, sollevandolo e conducendolo a un ruscello, dove riusciva a lavarsi il viso, purificandolo dal sangue, ma questo era di scarso sollievo. Era dolorante, malconcio, pieno di lividi e ferite, ei suoi vestiti erano mezzo strappati. Presentazione molto povera da esibire in pubblico in quel modo.

Ma non poteva restare lì. Aveva bisogno di un lungo riposo a letto, perché gli girava la testa e provava un'angoscia terribile.

Con voce roca, disse al colono:

"Questo sarà il prologo di molte cose e molto tragiche, che accadranno qui. Hanno vinto la prima presa, ma l'ultima sarà mia e tutti quelli che stanno dalla parte di Fuchs dovranno pentirsene. Per ora la vittoria è tua, ma ne parleremo dopo. Quanto a te, pensaci finché è il momento. Mi hanno lanciato nella lotta e ci sarà una lotta finché una delle due parti non sarà sconfitta. Se quando sarai pronto per tornare, decidi di rompere quell'impegno e assecondare i miei piani, forse sarai l'unico a vincere, se non lo farai, allora sarai uno in più a subirne le conseguenze.

Come fu possibile, montò a cavallo e, a passo lento, si diresse verso il villaggio. Si era tirato la tesa del cappello sugli occhi per nascondere al meglio il suo occhio terribilmente gonfio e alcune altre ferite al viso.

Andò direttamente nella sua stanza e si mise a letto, dove soffrì le pene dell'inferno afflitto dalle pene che lo tormentavano.

All'imbrunire arrivò l'ingegnere che stava esplorando i dintorni della città per farsi un'idea di cosa potesse regalare quella parte dello Stato come bacino petrolifero. L'anarchia che regnava in altre zone e che faceva perdere molto petrolio a causa della mancanza di lungimiranza di avere spazi adeguati in anticipo per arginare almeno fino al suo confezionamento, lo spinse a studiare le possibilità di evitare questa perdita lì , indicando i luoghi dove si potrebbero improvvisare zattere di raccolta, se l'oro nero si trovasse tra le sponde di entrambi i fiumi.

La sorpresa di Kaplan è stata grande quando ha scoperto Alvin a letto, con un occhio gonfio e innumerevoli ferite al viso.

«Cosa le è successo, signor Sekely? "Chiedo.

Tremante di rabbia e un po' imbarazzato per la confessione, dovette rendere conto del suo litigio con Gleen sebbene tentò di distorcerlo affermando di essere stato aggredito di sorpresa quando non se l'aspettava.

L'ingegnere ha commentato:

"Ti avevo già avvertito che quest'uomo mi sembrava troppo duro e anche lui non è stupido. Se hai impegnato tutti i proprietari dello spazio a non permettere le esplorazioni e hai anche uomini che li intimidiscono e li costringono a rispettare l'accordo, qui si può fare poco o nulla. Perché non ce ne andiamo o lo proviamo in posti più favorevoli?

"Perché ho già fatto una questione di autostima per combattere con quel ragazzo fino a quando non è giù. Se ha potere, gli dimostrerò che posso mobilitarne anche un altro simile e vedremo chi vincerà la battaglia. Per come è stata la situazione, la mia vanità è disposta a sacrificare tutto per vincere la battaglia e darei tutti i benefici che il petrolio potrebbe portarmi per scoprirlo qui e rovinare quel ragazzo. Ho una partecipazione in diversi pozzi scoperti di recente e mi metterò in contatto con la Società in modo che possano acquistare quella quota da me e darmi l'importo. Userò tutto per agire in quest'area, fino a quando non esaurirò l'ultimo dollaro o cadrò combattendo duramente.

"Molto bene, è una cosa che, poiché dipende solo da te, non posso intervenire. La mia missione qui per il momento è finita e domani andrò alla McAlester. Se fosse necessario tornare di nuovo, mi darai l'ordine, perché per ora non credo che tu possa risolvere nulla, e dovrai anche restare a letto per qualche giorno finché non sarai pronto per uscire di nuovo. Comunque, non so cosa puoi fare se tutti si rifiutano di farti scavare pozzi.

"Li aprirò dove finisce la proprietà di quelle persone o manderò una legione di avventurieri a sporargli. La procedura mi interessa poco, purché raggiunga ciò che mi ero prefissato di fare. In ogni caso, ho concepito un progetto a metà che se funziona, forse sarà un colpo d'ombra contro Fuchs.

"Si può sapere se non è un segreto?

"Per te non lo è, poiché ti interessa quanto me che più olio c'è, meglio è. La mia idea è una: se per l'impegno nessuno osa farne a meno, d'altra parte ci può essere qualcuno che se compra la sua proprietà a buon prezzo, nessuno può impedirgli di venderla. Finché ne trovo solo uno disposto a vendermelo, ne avrò abbastanza per il test.

"Sì, è una mezza soluzione, perché se non si trova il petrolio, per cosa vuoi quella terra?

"Lo venderei di nuovo, anche se ci perdessi dei soldi. Ci sarebbe qualcuno che, avendo la certezza che questo non sarebbe stato minacciato, lo acquisirebbe per continuare a coltivarlo. Sai che non tutti hanno un debole per il petrolio.

"D'accordo. Fai quello che vuoi con i tuoi soldi, ma pensaci. Sta per entrare in una rissa in cui potrebbe perdere ciò che ha vinto a scapito dell'esposizione e del lavoro e può anche perdere tempo e con esso, occasioni per continuare a sfruttare la fortuna che lo ha accompagnato fino ad ora come wildcatter.

"Se è vero che la fortuna è con me, lo stesso può accompagnarmi qui. Non ignori che questa è una scommessa in cui si rischia tutto alla cieca. Stando così le cose, che differenza fa in un posto che in un altro? Ma tieni presente che se ti raggiungessi qui dove nessuno è ancora venuto a esplorare, non appena il primo pozzo tirasse fuori un po' di petrolio, la mia fortuna sarebbe completamente gettata perché precederei tutti e affitterei tutta la terra alla Società. . Non ignori quello che è successo nel Texas orientale. Erano molti anni in cui i geologi affermavano che lì c'era petrolio ma nessuno riusciva a trovarlo. Diverse società si sono unite, hanno speso milioni inutilmente e infine, non molto tempo fa, un umile vagabondo che ha rischiato i suoi soldi perforando pozzi, due dei quali a secco, quando stava spendendo il suo ultimo dollaro per aprire il terzo, .

"Vero, ma che dire di quelli che hanno usato quello che avevano e lo hanno perso senza trarne profitto?

"Torniamo alla fortuna. Se ce l'ho come è stato mostrato fino ad ora, non voglio turbarlo. Che mi segua dove la porto, che è il suo obbligo

"Perfettamente. Dopo quanto è stato detto, non mi resta altro da dire, se non che altro è combattere da solo contro l'ignoto di ciò che la terra tiene nelle sue viscere e altro combattere contro la volontà armata di molti uomini, disposti a impedire che venga tentato, è una doppia possibilità di correre e forse pretende molto da quella fortuna che lo ha accompagnato fino ad ora.

"Vedremo. Nulla è stato scritto sui codardi e io no, anche se dalle tracce sembra che mi sia lasciato travolgere da chiunque. Questi colpi me li restituiranno a palate e per alcuni saranno più dolorosi.

"Quindi, se vuoi qualcosa per McAlester, fammi sapere.

"Sì; parla con il signor Qualen e chiedigli di studiare la somma che possono darmi per la mia partecipazione ai pozzi scoperti da me. Digli di valutarlo più alto che può, perché è denaro che userò nello stesso e che se sono ricco, quello che scopre sarà offerto alla compagnia e non a nessun altro Tieni presente che se il petrolio esce qui dove non è arrivata la concorrenza, gli affari possono essere ottimi per la Oklahoma Oil Company.

"Non preoccuparti, te lo dico io.

«Non credo di doverti raccontare degli incidenti che sono accaduti. Questa è una mia questione particolare al di fuori del business, che non può avere un impatto sull'azienda. E tra una settimana, spero di tornare lì per concludere il nostro accordo e tornare in questo posto per ricominciare la battaglia.

Il giorno dopo, l'ingegnere lasciò Wesley per tornare negli uffici della Compagnia per fare un resoconto della sua missione e per presentare ciò che Alvin gli aveva commissionato di fare.

L'ingegnere era meno ottimista dell'ex spacciatore e aveva la sensazione che Alvin, per orgoglio incompreso fin dall'inizio, sarebbe finito in un vespaio che poteva essere la sua rovina morale e materiale.

Ma nonostante questo, ammiravo il suo coraggio e la sua determinazione. Il petrolio, come l'oro, ha dimostrato di essere un business di audacia e forza, in cui i più duri e rischiosi avevano un grande vantaggio per vincere. In questo senso, il selvaggio ha avuto il coraggio e il coraggio di affrontare una situazione così spinosa.

CAPITOLO VI

Passarono quasi due settimane senza che Alvin mostrasse di nuovo segni di vita e non accadde nulla di degno di nota.

Ma poiché Fuchs non si fidava di Alvin, aveva montato una guardia speciale, che avrebbe setacciato la prateria cercando eventuali movimenti sospetti che potessero verificarsi.

Nel frattempo, Gleen, che aveva solo bisogno di dimenticare i libri per un po' e respirare aria fresca facendo esercizio all'aperto, si stava riprendendo dalla sua piccola debolezza e stava diventando più forte e più grintoso.

Per distrarre la noia, andava spesso a cavallo con Virginia. Gleen era molto attratta da lei, sebbene fosse attenta a non uscire dai normali limiti imposti dalla sua situazione speciale nei confronti dello zio e protettore.

Gli doveva tutto, gli mancava tutto, e poteva solo sperare di diventare un giorno un avvocato prestigioso e guadagnare soldi, ma era ancora molto lontano.

Anche Virginia aveva una simpatia per il ragazzo. Aveva avuto molte occasioni di toccare le sue varie fibre sensibili e aveva un sapore buono, studioso, con nobile ansia di farsi strada nella vita e questo unito al fatto che era simpatico nei rapporti, spiritoso nella conversazione e, inoltre, un buon dell'uomo. , ha fortemente influenzato questa attrazione.

Una delle mattine in cui stavano passeggiando per il prato solitario, Gleen commentò:

"Questo sembra essersi calmato, ma non mi fido molto. Sospetto che sia tutto dovuto al fatto che ho lasciato che quel rospo rimanesse nascosto in una buca per molti giorni e che stia solo aspettando di essere in grado di portare il suo pungiglione al sole. Sentirei che tutto questo è esploso quando sono stato costretto a tornare ai miei studi.

"Perché?

"Perché mi piacerebbe prendere parte al putiferio. Questo è qualcosa che non viene facilmente a un povero studente di legge.

"Combatti con il Codice in mano e non so se sei più temibile con quell'arma che con un puledro .45.

"Non c'è esagerazione, Virginia. Difendiamo il diritto di chi viene aggredito non con armi da fuoco o da taglio, ma con brutti raggiri che possono essere contrastati solo con l'applicazione e l'interpretazione della Legge.

"Non dirmi che tutto quello che difendi è sempre giusto. Esiste una persona superiore a un avvocato, capace di voler dimostrare che il bianco è nero?

"Beh, forse non è tutto bianco, ma non è nemmeno completamente nero. Tutt'al più possiamo essere criticati per aver evidenziato maggiormente la parte di colore che ci interessa difendere.

«Non mi piacciono gli avvocati, Gleen.

"Non siamo tutti brutti" disse con intenzione ", alcuni sono anche belli ed eleganti.

"Non abbassarti, perché non sarò io a officiare in questo caso come avvocato, mettendo in risalto la parte di colore che più ti si addice.

 "Ti sbagli e mi dispiace, perché quale miglior avvocato potrei trovare per le mie povere cause?

"Non mi riferivo al tipo, ma alla professione.

«Deve esserci tutto al mondo, Virginia.

"Perché e per cosa? Ci sono tigri e leoni e serpenti velenosi, vuoi dirmi quanto sono utili all'umanità?

"In uno zoo, sono sempre uno spettacolo esotico e distratto per gli occhi.

"In tal caso, mettano in gabbia anche gli avvocati, così che possiamo vederli come parassiti ridotti all'impotenza.

"Sei terribile, Virginia.

"Dico quello che penso. Non so perché mio padre quando ha deciso di aiutarti, non ti ha portato al ranch e ti ha imposto nei suoi compiti come era logico. Avresti imparato a capirlo, a difenderlo e lottare per essa con il suo coraggio.

"Ho intenzione di fare altro che lottare per questo?

"No, combatteresti per mio padre e per me, il che non è lo stesso.

"Per te e la tua fattoria, dalla quale ho estratto ciò che non meritavo, per continuare i miei studi. Non dire cose che mi feriscono.

"Tu non mi capisci. Volevo dire che qui saresti stato utile a te stesso e utile a mio padre.

"Se me lo avesse chiesto, mi sarebbe piaciuto, ma tuo padre ne sa abbastanza per difendere la tua proprietà e non l'avrebbe fatto. Se mi avesse portato qui, avrei imparato tutto sul bestiame, ma logicamente, cosa avrei guadagnato nella mia posizione, non importa quanto fosse alta? Uno stipendio decente niente di più, perché tutto ciò che mi avrebbe dato di più, sarebbe stato gentile per essere suo nipote, ma non per la mia posizione. D'altra parte, come avvocato, guadagni molto se dimostri di conoscere la tua professione e sei pronto a difendere cause difficili. Le grandi aziende, che tendono sempre ad avere grandi conflitti, cercano con interesse qualcuno che si distingua in questo senso e aspiro a diventare un giorno avvocato per una delle aziende più prestigiose. Quando arriverà, vedrai se farò una fortuna in men che non si dica.

"Sarò molto felice per te. Dato che hai intrapreso quel percorso, il mio desiderio è che tu possa avere un palazzo in Oklahoma.

"Quando l'avrò, ti inviterò a venire a viverci.

"Pensi che io serva per avere un bell'aspetto nella buona società?

"Servi per eclissare le donne più belle e distinte che possono apparire ovunque.

"Non sono gli occhi con cui mi guardi?

"Gli occhi con cui ti guardo, direbbero molto di più, tanto che non ci sarebbero parole per tradurlo.

"Fermi il rapporto, signor avvocato, è sgangherato.

"No, perché sto difendendo una causa che potrebbe riguardarmi.

"Sì? In che senso?

Lui, dopo un attimo di esitazione, rispose:

"Ascolta, Virginia. Se finissi la laurea l'anno prossimo, se dimostrassi in fretta che valgo più di tanti e riuscissi a farmi assumere da una grande Azienda che mi ha dato uno stipendio favoloso e uno status sociale invidiabile, avresti un problema nell'essere la moglie di quel prestigioso avvocato?

Anche lei esitò prima di rispondere e infine disse:

"Non lo accetterei.

"Perché? Ha chiesto dolorosamente. Per me o per la mia carriera?

"Per la tua carriera.

"Cosa le puoi opporre nelle condizioni che ti ho spiegato?

"Devo oppormi solo a una cosa. Un magnifico ranch di cui sarò erede e in esso, una casa che amo con eccesso.

"Ma ti rendi conto che sei una ragazza giovane, bella, attraente ed elegante e che qui ti consumi in una gabbia molto grande e molto aperta, ma una gabbia finalmente, senza distrazioni, senza società, senza quelle gioie che offre il mondo e che per una donna come te devono essere l'attrazione più grande?

"È possibile, ma anche questo ha il suo fascino. Mi piace andare a cavallo, percorrere il paesaggio, respirare l'aria pura della prateria, o dei pascoli e sentirmi padrone della gabbia di cui parli, senza che nessuno ci entri se non voglio e senza le convenzioni e tirannie della vita della società.

"Se accettassi di sposarti in queste condizioni, hai pensato al tipo di vita che sarei costretto a condurre? Sarebbe la moglie del grande avvocato, che avrebbe tempo solo se si trattasse di lui, per le sue cause Passava la giornata da un luogo all'altro, cercando carte, dati, prove, prendendo deposizioni, difendendo querele e le notti, avrebbe dovuto rubare molte ore di sonno per preparare i suoi rapporti, le sue difese, ricordare così e così articoli del Codice, interpretarli, stravolgerli, domarli a modo suo e finirebbe per andare a letto stanco, sfinito a tarda notte, per alzarsi presto e ricominciare la stessa cosa.

»Se avessimo dei figli, li vedresti di sfuggita, un bacio e li toglieresti da qui, mi disturbano, non mi fanno lavorare, devo preparare questa relazione per domani.

Sarebbe meglio mandarli in un collegio, dove diventino uomini per domani, uomini come macchine come il padre per guadagnare soldi e non poterli godere, a loro piacimento e anche per non poter dedicare più di un piccolo e momenti fugaci alla loro moglie e questo a volte, sacrificando un lavoro urgente o qualcosa di simile.

No, Glen. Come uomo ti apprezzo molto, penso che saresti un marito ideale, ma come avvocato ti odio e non voglio sapere nulla di quei piani ambiziosi che farebbero diventare te un automa e me un martire .

»Voglio un uomo di assoluta libertà, qui in questi pascoli, a cavallo, che li guidi al galoppo, che si occupi del lavoro dei suoi braccianti, che lo diriga, come vuoi, ma libero di muoversi, perché tutto ciò non impedirebbe me dall'essere a portata di mano. lato costantemente, perché per questo ci sono più cavalli da cavalcare al tuo fianco.

E poi, quando tramontava il sole, quando moriva il pomeriggio, il bestiame si riposava e non aveva bisogno né della tua vigilanza né del tuo sforzo, poi la pace sedativa del ranch, il pranzo a orari fissi, senza spaventi né fretta, senza notizie urgenti che tutto sia travolto e se ci fossero bambini, tempo più che sufficiente per accudirli, accarezzarli, giocare con loro e metterli a letto cullandoli dolcemente finché non si addormentano.

»Ti rendi conto di cosa significa per una donna che non vuole soldi perché li ha e che, invece, vorrebbe un amore illimitato, avere l'uomo amato al suo fianco in ogni momento e sapere che è felice, agile , forte, senza preoccupazioni, senza consumarsi gli occhi sotto la luce della lampada fino all'alba interpretando gli articoli del Codice a beneficio degli altri?

No, Glen, no. Interpreto l'amore e il matrimonio in questo modo e non lo ammetterò diversamente. Vi avverto affinché non vi facciate illusioni molto logiche nel cambiamento che avete intrapreso, ma molto diverso da quello che sto conducendo.

Gleen, che era diventato teso quando l'aveva sentita, esclamò:

"Virginia, ti rendi conto di come sarebbe dire a tuo padre che stavo rinunciando alla mia carriera dopo il sacrificio e la spesa che ha fatto per farmela finire? Se avesse anche solo i soldi che ha speso per me per ripagarlo, non ci sarebbe nulla di male, ma in questo modo...

"Non ti sto chiedendo di buttare il tuo futuro dalla finestra, Gleen; Mi hai quindi fatto una proposta a bruciapelo e mi sono affrettato a esporvi le mie opinioni in merito. Poiché non c'è nulla che possa andare storto, puoi avere un'idea di cosa accadrebbe se prendi sul serio quell'idea.

"Credi che non fosse serio?

"Una cosa è per te dire sul serio e un'altra per te essere seria. Hai un futuro davanti a te quasi a portata di mano e non è la tua carriera che devi sacrificare una donna, ma al contrario, anche se nemmeno quello, perché sono sicuro che ci saranno molti che la pensano diversamente da me e per loro questo è il culmine della felicità. Quando avrai realizzato il tuo sogno, non ti mancherà la donna che si armonizza con il tuo ufficio, con le tue scarpe da ginnastica ricamate e con il tuo abito da sera quando si celebra il secondo centenario della proclamazione della nostra indipendenza.

"Non essere sarcastica, Virginia.

"Non è questo; è che voglio ridurre il dramma a questa situazione un po' stupida.

"Dirai un po' crudele. Ho sempre nutrito l'idea di poter catturare il tuo amore, se lo volevi e tuo padre lo accettava. Comprendi che non avrei alcun diritto di fingere semplicemente con te, specialmente quello che tuo padre ha fatto per me. Sarebbe come supporre che io volessi vincere il santo e l'elemosina.

"Capisco i tuoi scrupoli e le tue opinioni; Spero che tu capisca il mio a sua volta.

"È così difficile per me capirli ...

"Certo, perché da futuro buon avvocato, vuoi risolvere la causa a tuo favore, senza tener conto delle ragioni della controparte.

"No, Virginia, Dio sa che non è per questo, ma perché ti amo e per me sarebbe un fallimento spirituale perdere la possibilità di quell'amore, non perché c'è qualcosa nella mia persona di uomo che mi ripudia, ma a causa di quei pregiudizi sociali rivendichi.

«Pregiudizi della vita, Glen. Ti ho dipinto una situazione come la immagino e se tu fossi una donna, penseresti come penso io.

"È sempre esagerato.

"A volte a favore e a volte contro. Forse la realtà avrebbe mostrato che non ero riuscito a disegnare quel panorama.

"Cercherei di non renderlo così cupo come immagini che sia.

"Forse a costo di sacrifici da parte tua e di non svolgere il tuo lavoro con la necessaria intensità. Soffriresti molto davanti a una simile alternativa e io non sono così egoista che per soddisfare i miei gusti, cerco di piegare chiunque a sacrificare i propri bisogni.

"Vedo che sei irriducibile.

"Chissà se puoi cambiare.

"Chissà se puoi cambiare te stesso.

"Ti ho dato una ragione che mi incatena.

"Beh, trascina quella catena o spezzala se puoi. Penso che dovremmo lasciar perdere l'argomento, Gleen.

"Se è il tuo gusto...

"Non è gusto, è una necessità e un bene per entrambi. Perché tormentarsi ribaltando problemi irrisolvibili? Hai un bel futuro davanti a te e non ti mancheranno donne degne. Forse la figlia di un magnate del petrolio o delle banche si innamora di te e un giorno ti vedremo senatore o qualcos'altro.

"Non prendere in giro. Non ho ambizioni di apparire.

"Sei obbligato ad averli in quella sfera. Siccome non le avreste, verrebbe messo in quei pascoli, curando un grappolo. Posso trovare un uomo se non lo stesso, qualcosa di simile, che in cambio di non potermi dare alcune cose, me ne dà altre che sono più vicine a quello che voglio.

"È che non mi costringo a pensare che un giorno potresti essere tra le braccia di un altro uomo.

E tu da un'altra donna?

"Aspiro solo a uno dei tuoi.

«Anche loro sono in catene, Gleen. Non potrebbero accoglierti come vorresti.

"Oh, sei crudele!

"Sono sincero, perché dovrei tradirti?

Il cupo dialogo è stato improvvisamente interrotto. Erano arrivati al ranch e Armour, che tornava dai pascoli, tagliava loro la strada.

L'allevatore li salutò con piacere:

"Ciao ragazzi, andate a fare una passeggiata?

"Sì papà. Abbiamo fatto il nostro turno di guardia; tranquillo su tutti i fronti, signor Fuchs.

"Abbassa la mano, sergente" disse Armor, osservando il gesto militare della ragazza, portando la sua graziosa mano alla tempia in un comico saluto regolamentare.

«Al tuo comando, mio capitano.

"Neanche noi abbiamo osservato nulla di anomalo. Non riesco a spiegare il silenzio di Alvin.

"Forse un giorno griderà per vendicarsi per tutto il tempo in cui è stato inattivo.

"È possibile. In ogni caso, ho fatto il giro del bacino alcune volte e ho parlato con i coloni e gli allevatori, ma nessuno ha più ricevuto visite di quel tipo.

"Beh" replicò Gleen, "Penso che sia meglio aspettare e vedere dove respira. Se dovesse succedere qualcosa, sarei felice se esplodesse presto, perché mi dispiacerebbe andarmene e che il mio povero aiuto sarebbe necessario.

«Meglio che sia così, Gleen. Potrebbe toccarti qualcosa di cui non hai bisogno e rovinare il tuo futuro. Non voglio responsabilità verso tua madre e penso addirittura che ora che ti sei un po' ripreso dovresti andare a trovarla.

"Non lo farò, perché ti spaventerebbe. Non sa che mi sto godendo questa vacanza e crede che io stia studiando. Quando verranno le vacanze estive, che non dureranno a lungo, allora andrò a trovarla e non ci sarà bisogno di agitarla. Mia madre non crederebbe che io stia già bene e vivrebbe tormentata dal sospetto che io abbia qualche male interno. La conosco molto bene e so cosa penserebbe.

"In questo non ti costringo a fare ciò che non ritieni opportuno.

E tutti e tre entrarono nel ranch, senza che Armor potesse sospettare l'agitazione che aveva travolto i due giovani.

CAPITOLO VII

UN TRUCCO DI SUCCESSO

Improvvisamente la prima nuvola carica di pietre incombeva sulla calma. Uno dei coloni, abbastanza vicino al ranch di Fuchs, è venuto a Fuchs per parlargli.

L'allevatore intuì che qualcosa di serio stava cominciando a fluttuare nell'atmosfera e fissandolo, gli chiese:

«Cosa voleva, signor Long?

"Dimmi solo una cosa che trovo molto interessante. Io, come tutti, ho promesso di non permettere che si scavasse alcun pozzo sulla mia proprietà per cercare petrolio e capisco che quando un uomo si impegna in una cosa, deve realizzarla.

«Sono lieto che la pensi così, signor Long.

"Penso così, ma tra pensiero e realtà c'è un abisso.

"Cosa intendi?

"Sapete che vi state mettendo pressione a vicenda, cercando il punto debole da cui arrivare a quella possibilità di cercare il petrolio qui. Bisogna supporre che le indicazioni che hanno su di lui siano molto sicure per dimostrare quell'interesse a farlo germogliare proprio qui.

"Si dovrebbe parlare di questo.

"Forse, ma ci sono realtà più immediate. Mi è stata fatta una proposta e una minaccia. La proposta è di acquistare il mio immobile ad un prezzo tre volte superiore a quello naturale. Se non accetto, sono minacciato da una serie di sabotaggi e intense rappresaglie, fino a quando non otterranno ciò che hanno proposto.

»E devi capire che uno che è relativamente povero, poiché la mia proprietà è modesta, non può essere esposto un giorno a bruciare i miei raccolti o ad avvelenarmi le mie terre affinché non producano e chissà se potrebbero anche perseguitarmi per spararmi due volte . la sua schiena e mi sopprime come un ostacolo alle sue ambizioni.

"Per quanto ne sappiamo, la storia del ritrovamento del petrolio è una seconda edizione del ritrovamento dell'oro. Si scatenano le passioni, esplode l'egoismo e tutti i mezzi sono buoni per raggiungere gli obiettivi.

E questo è il mio dilemma. Non sono in grado di rompere il mio impegno, ma non sono disposto a essere rovinato o portato via. Per questo motivo, il modo più pratico per adempiere al mio impegno ed evitare danni è accettare l'offerta di acquisto che mi fanno e andare da qui in un altro luogo,

»Ho promesso di non far scavare pozzi nei miei campi, ma non ho promesso di non vendere la mia proprietà se mi pagano bene e io la venderò.

»Ma prima ho creduto doveroso informarvi della situazione in modo che siate preparati. Hai condotto una lotta con elementi che forse non hai calibrato bene e forse hai la forza di accettare quella lotta. Non li ho e mi ritiro prima di essere vittima di questa lotta.

Fuchs, che aveva ascoltato a denti stretti, disse aspramente:

"Lungo, perché sei così codardo?

"Sarà perché sono nato così. Non sono un codardo, ma non sono nemmeno un segugio. Un danno viene sempre fuori da ogni combattimento e può essere affrontato quando quel possibile danno è inferiore al risarcimento, ma quando non lo è, è sciocco combattere, esporre e perdere. Se mi danno il triplo del valore delle mie terre, evito lotte, pericoli e perdite. Posso stabilirmi in un posto più tranquillo e vivere meglio. Cosa trovano l'olio? Bene per loro. Cosa fallire? Beh, aspetta, visto che lo volevano così. Avrò salvato ciò che è mio e nessuno potrà accusarmi di essere un traditore o uno sciocco. E questo è quello che sono venuto a dirti. Hanno provveduto a tornare in due giorni con i soldi e l'atto di prendere possesso della mia terra. Come vendute non sono più mie, non rompo il patto, se manca qualcuno,

Fuchs stava ruggendo. Comprendeva le ragioni del colono e non sapeva come uscire per colmare quella terribile lacuna.

Perché poteva, con un sacrificio, acquistare la sua proprietà dal colono al prezzo che gli aveva pagato Alvin, perché era sicuro che fosse Alvin con i soldi della società sfruttatrice alle spalle a fare quell'offerta, ma cosa avrebbe far cessare questo colpo e usare i soldi in quella terra che non gli serviva, se c'erano altri nove proprietari nel bacino e l'offerta poteva essere trasferita a un altro ea un altro, finché non fossero tutti ricorsi? Avrebbe dovuto comprare tutta la terra per miglia intorno a tre volte il prezzo, e non aveva i soldi per così tanto.

Pertanto, ha cercato di convincere il colono a non accettare l'offerta, promettendo di proteggere lui e i suoi raccolti per evitare ritorsioni.

Ma il colono non era convinto. L'efficacia di quella difesa era molto problematica, ma pur considerandola sicura, c'erano altri pericoli contro i quali non lo mettevano in guardia.

Una era che se avessero trovato petrolio da qualche altra parte e questo avesse trasformato il bacino in un'immensa laguna, la loro terra si sarebbe seccata e se in seguito dal loro appezzamento non fosse uscito petrolio, avrebbero perso tutto. L'altro pericolo era che in quel momento potesse avere il triplo del valore delle sue terre senza combattere e poi non avrebbe potuto avere più nulla.

Pertanto, non ho visto altra soluzione che una. L'acquisizione del tuo immobile da parte di chi paga meglio.

Fuchs, sopraffatto da una rabbia sorda, rispose:

«Va bene, signor Long. Visto che abbiamo ancora quarantotto ore per studiare la faccenda e decidere, ne parleremo.

"Molto bene. Come apprezzerete, prima ho resistito all'offerta di affittare una parte per provare il test, perdendo quei soldi e chissà se anche il ritrovamento di olio al suo interno, che sarebbe valso più soldi. Volevo sii fedele a tutti ea me stesso, ma quando le cose prendono quella piega ed entrano la minaccia e la grande perdita, è molto umano guardarsi da tutto ciò.

"Va bene, Long, mi faccio carico dei tuoi punti di vista e non posso censurarti, perché se ho un criterio non posso imporlo con la forza agli altri. Ti ringrazio almeno che mi hai informato della tua decisione in modo che io possa studiare i mezzi per prevenirla. Forse non hai considerato cosa può significare questa vendita per l'economia e il benessere comune, ma è logico che ognuno veda le cose secondo la propria convenienza. Io so solo dirgli che tutto questo è nato da una lotta personale tra me e quel trafficante che rappresenta le petroliere, e che il petrolio non c'entra, perché in realtà né lui né nessun altro sa se esiste qui. Vuole tentare la fortuna come ha fatto in altri posti e vuole rovinarmi se può, usando l'olio come arma. Quale sarà la fine della lotta non lo so,

"Mi occupo del suo atteggiamento, signor Fuchs, forse se avessi un ranch come il suo, penserei lo stesso.

Il colono si preparò ad andarsene. Fuchs ha avvertito:

"Spero di vederti prima che tutto sia finito.

"Sarò lieto che tu trovi una formula praticabile che soddisfi le tue opinioni.

Poco dopo, l'allevatore riferì a Virginia ea suo nipote la notizia inquietante che Long aveva appena comunicato. I tre si guardarono a disagio.

"Cosa pensi si possa fare, papà? Chiese Virginia. Non ci avevamo contato.

"Non proprio. Tuttavia, ho sempre temuto la defezione di qualcuno, anche se in questo caso quell'uomo usa un diritto che nessuno può negargli. Se sapesse che solo lui e nessun altro è capace di lasciarsi sedurre da tali offerte, perderebbe quel denaro comprando la sua terra, ma temo che appena ciò accadrà, l'offerta sarà fatta ad un altro e che l'altro accetti, con la quale si formerebbe una catena che non sopporto.

"Capisco. Cosa hai intenzione di fare?

"Riunirò gli altri e darò loro un resoconto di ciò che accade. Temo che questa sia una bomba esplosiva e che molti, se non tutti, siano inclini a imitare Long, cercando di vendere le loro proprietà come il male minore. Se questo è successo... ti rendi conto della mia situazione? Mi vedrei in un cerchio terribile, senza altra salvezza possibile che una: che non c'era olio in questa zona, ma se esistesse sarebbe la mia rovina e il trionfo assoluto di quel maiale.

Gleen, che era rimasto teso mentre lo zio si rendeva conto di questa terribile minaccia, intervenne per dire:

"Zio, penso che se il rimedio sarà peggiore della malattia, non dovresti dirlo a nessuno o dare un resoconto di ciò che sta accadendo. È preferibile che questo filo di stoffa cerchiamo di ricostruirlo noi stessi, senza esporre noi stessi agli altri fili sciolti che vanno per la loro strada.

"È facile a dirsi, ma come?

"Questa questione non dovrebbe essere affrontata dall'esterno verso l'interno, ma dall'interno verso l'esterno.

"Cosa intendi?

"Semplicemente, che non si otterrà nulla, purché Alvin abbia libertà di movimento per cercare la fessura dove mettere il coltello. Quello che devi fare è tagliare ogni possibilità di riavvicinamento.

"Pensi che sia facile?

"Non lo so, ma non credo sia impossibile.

"Dammi una soluzione.

"Ne ho due, ma prima voglio che tu mi dica una cosa. Se si trattasse solo di comprare a Long la sua terra e nessun altro, rischierebbe quei soldi?

"Posso farlo, ma solo una volta.

"In tal caso, per favore mi dia libertà di movimento in modo che possa provare a risolvere la questione. In questo caso, dovrò essere d'accordo con mia cugina nelle sue teorie sulla nostra condotta come avvocati.

Quali teorie?

"Dice che siamo più temibili nel gestire le leggi e il Codice di un puledro 45 e che siamo in grado di far sembrare che il bianco sia nero e viceversa.

"E cosa intendi con questo?

"Che applicando quella teoria in un ordine diverso, vedrò se raggiungeremo la vittoria con procedure arbitrarie fino a un certo punto. Non sarà una cosa molto legale, ma in questo caso non ci sono leggi morali da applicare ma leggi di difesa umana da mettere in pratica. Con quella promessa che mi hai fatto per salvaguardare gli interessi di Long in qualsiasi momento in modo che tu non possa essere citato in giudizio, il resto non importa.

Dimmi cosa stai cercando di fare.

"Più tardi. Fammi iniziare la mia strada e saprai il resto a tempo debito.

«Attenta, Gleen, temo che tu stia esagerando.

"Non preoccuparti. Ho l'obbligo morale di difenderlo su tutti i fronti e lo farò. Ne parleremo dopo.

Virginia ha cercato di costringerlo a esporle i suoi progetti, ma senza successo. Glen ha appena risposto:

"Mi dispiace Virginia, ma gli avvocati hanno i nostri segreti e trucchi, che tiriamo fuori solo nel momento psicologico. Posso solo dirti che difenderò il tuo ranch e, naturalmente, quello di tuo padre, per quanto il mio ingegno e il mio potere possono spingersi. Voglio evitare che tu venga portato via dal diavolo e un giorno dovrai riflettere se come male minore, non ti interesserebbe essere la moglie dell'avvocato di un'importante azienda, con tutte le conseguenze di disagi che hai forgiato di conseguenza.

"Commento molto ironico e pungente, Gleen. Non pensavo fossi così dispettoso.

"Non lo sono, perché se lo fossi, non cercherei di contribuire con il mio ingegno per aiutare tuo padre e te e per superare questo ostacolo. Ti devo tutto e devo pagare in qualche modo.

"Non ti sembra meglio che tu faccia un giro dove c'è tua madre e poi torni agli studi? Finora siamo riusciti ad andare avanti con le nostre forze, che non sono poche.

"Questo è un caso in cui la forza morale è superiore a quella materiale. Te lo dice un futuro avvocato.

"Al diavolo te e le tue leggi.

E molto arrabbiata, lo lasciò, non volendo ricominciare con lui un dialogo troppo duro.

Gleen si chiuse nell'ufficio dello zio e scrisse una lettera, che poi, a cavallo, andò a depositare all'ufficio postale del paese.

Il giorno dopo Long ricevette la lettera. Si trattava di una breve nota, in cui gli veniva chiesto di presentarsi a McAlester il giorno successivo e di attendere alla locanda del Plaza la visita dell'acquirente della sua terra, per finalizzare lì il contratto di cessione.

Long, credendo in buona fede che fosse l'ex trafficante a convocarlo, e visto che l'allevatore non gli aveva mandato alcun preavviso, si preparò a partire per essere il giorno successivo al villaggio. Poiché non gli importava più delle terre che avrebbero cessato di essere sue ore dopo, era così dispiaciuto di lasciarle poche ore prima ed era assente per essere nel luogo dell'appuntamento all'ora stabilita.

Gleen si era aggirata in giro, intravedendo l'effetto della sua trappola, e quando vide il colono che si preparava per partecipare all'appuntamento, sospirò di sollievo.

Immediatamente, tornò al ranch e cercò il caposquadra, chiedendo due o tre uomini fidati. Si aspettava la visita di Alvin, ma non sapeva se sarebbe andato da solo o sarebbe stato accompagnato da una scorta e non avrebbe dovuto stupidamente esporsi a uno scontro con forze superiori.

Doveva spiegare il suo inganno al caposquadra. Il caposquadra si è divertito molto a conoscerla e le ha prestato tre uomini determinati e ben armati.

E con loro, si è trasferito nella capanna del colono, aspettando che Alvin si facesse vivo per concludere l'affare.

Era metà pomeriggio quando hanno visto apparire il trafficante, accompagnato da altri due uomini. Gleen li guardò avanzare attraverso una delle finestre della cabina e ordinò a una delle pedine di rimanere con lui e alle altre due di restare in attesa di intervenire a tempo debito.

Poco dopo, Alvin, fiducioso, si presentò nei campi, diretto alla capanna.

La sua sorpresa è stata grande quando Gleen è uscito per salutarlo. Aveva il pedone al suo fianco e fuori, ai due lati di Alvin e dei suoi due compagni, gli altri due pedoni erano piazzati. Alvin si guardò intorno nervosamente. Puzzava come una trappola e aveva paura di non uscirne.

Gleen, con accento ironico, lo salutò:

«Accidenti, signor Alvin, che visita piacevole e inaspettata. Lo trovo molto meglio dell'ultima volta che ci siamo visti da queste parti. Osservo che sei un uomo di straordinaria guarigione.

Alvin, cercando di mostrare sangue freddo e disprezzo, rispose:

"Per favore, non disturbare? Vengo a trovare il signor Long, non te.

"Al signor Long? Peccato che non sia venuto ieri! Avrebbe potuto salutarlo prima che partisse per il suo viaggio in California.

"Ehi, che ne dici?

"Che se n'è andato ieri. Abbiamo stretto un accordo con lui e abbiamo comprato da lui il suo terreno. Mio cugino è appassionato di allestire un giardino di fiori esotici sperimentali, e a quanto pare questo terreno si presta bene a varie varietà di fiori tropicali. Hai capito qualcosa sul giardinaggio?

"Vai all'inferno e conserva le tue battute per chiunque le sopporti! Sto incontrando il signor Long qui per discutere di una questione e voglio vederlo.

"Se pensi che ti abbiamo mangiato o che ti abbiamo rapito, ti autorizzo a entrare a cercarti, ma tieni presente che lo faccio per conto di mio zio e degli altri proprietari del bacino, che sono gli attuali proprietari di questa terra. . Sapevamo che il signor Long voleva venderla e insieme l'hanno acquistata, perché hanno capito che valeva la pena sacrificare una manciata di dollari, pur di non doversi godere del suo spiacevole quartiere. Il signor Long ha firmato ieri l'atto e si è messo in viaggio senza perdere tempo.

"Non è possibile. Quel ragazzo mi ha preso in giro.

"Perché? Gli hai fatto una proposta, ci ha detto, gli abbiamo dato una manciata di dollari in più e siccome non aveva firmato con un altro, ha accettato e se n'è andato. C'è qualcosa di più naturale?

"Siamo molto dispiaciuti che tu abbia giocato questo trucco con carte molto sconnesse, signor Alvin. Quando iniziamo una partita e accettiamo una puntata, il minimo che abbiamo in mano è un buon poker. E dopo questo brutto gioco per te, aspetta che ne iniziamo uno diverso. Come avrai capito, i proprietari di quest'area sono determinati a non tollerare la tua presenza o quella dell'olio qui. Tutti hanno contribuito a questa acquisizione per l'acquisto e questo ti farà capire che è inutile provare lo stesso con qualcun altro, perché non venderanno la tua proprietà per il mondo.

»Questo è il primo avviso; il secondo, glielo darò da solo. Se ti vediamo apparire di nuovo qui, pensa prima di provare che troverai una barriera di fucili pronti a tagliarti o ti lascerà nel prato in modo da non ripetere il tentativo. Spero che tu ci rifletta e cerchi il petrolio sotto la Valle della Morte o sulla cima del Monte Shasta, che sarà più facile da trovare che qui. Hai calcolato male le nostre forze e la nostra incrollabile determinazione a non permettere a nessuno di trasformare questo angolo gioioso e pacifico dell'Oklahoma in un inferno. Metti questo nella tua testa ora che è ancora tempo.

Alvin ruggì di rabbia. Quando pensava di avere tra le mani tutti i trionfi per la prova, avevano vinto la posta in modo clamoroso.

Ma era uno di quelli che non si sarebbe arreso finché avesse avuto la forza di combattere. Aveva messo tutto il suo amor proprio nel combattere Fuchs e avrebbe continuato a provarci.

Mordendo le parole, gridò:

"Molto bene; tu miri a un altro trionfo, ma alcuni saranno l'ultimo per te e quello decisivo per me. Le minacce non mi spaventano, perché posso e risponderò ad esse. Tuo zio deve ricordare amaramente il trattamento che ha mi ha dato quando sono andato a proporre l'attività.

"È possibile, ma non dimenticare che dietro" e se necessario davanti "a mio zio, lo sono anch'io.

"Lo celebro, perché io e te abbiamo un debito in sospeso da saldare.

"Perché non lo paghiamo subito così non perdiamo tempo? Non sono uno di quelli che tendono a lasciare per domani quello che posso fare oggi.

"Sì, perché non accetto nulla che dia un vantaggio al contrario e il vantaggio in questo momento è loro. Ci sarà tempo per ogni cosa, che tu lo voglia o no, l'inferno verrà nella valle e da essa scaturirà l'oro nero, che può diventare rosso se mescolato al sangue che scorrerà.

"Compreso il tuo?

"Forse compreso il mio... e il tuo.

"Bene, vai avanti e sbrigati, perché mi stanno reclamando da qualche altra parte e voglio che la questione venga risolta prima di andare.

"Sarà quando sarà necessario, ma ti assicuro che da parte mia non ritarderò un solo minuto per capriccio o esitazione.

"Congratulazioni. Siamo a posto, per quel giorno, ma ricordati cosa ti è già successo una volta. La seconda sarà l'ultima.

"Sarà per uno dei due.

Alvin, senza estrema spavalderia, nel caso in cui Gleen perdesse le staffe e ricorresse alla violenza, si precipitò via con i suoi compagni di squadra e quando fu via, Gleen, ridendo divertito al gioco, ordinò:

"Torniamo al ranch, ma prima attenzione a non lasciare traccia della nostra permanenza qui. Che quando Long torna, crede che nessuno abbia visitato la sua cabina e non sospetti cosa sia successo. Il tempo dovrà saperlo.

CAPITOLO VIII

LA PRIMA ESPLOSIONE

Gleen, al suo arrivo, capì che non doveva più nascondere allo zio ea Virginia il trucco usato e li riunì per dar loro conto del successo ottenuto.

L'allevatore, molto serio, ha commentato:

«Quello era giocare a carte sporche, Gleen; anche se ammetto che la procedura è stata ingegnosa.

"Quel ragazzo meritava di meglio?

"Non sto parlando di lui, sto parlando di Long.

"Non c'è questa sporcizia. Per ora, crederai che Alvin abbia infranto la sua parola e dovrai accontentarti. Questo ci aiuta ad evitare che Alvin insista sulla procedura, che potrebbe essere demoralizzante e non si offre di riacquistare più immobili, credendo che siamo tutti disposti a non venderli. Più tardi, se togliamo il pericolo, puoi parlare con Long, spiegargli cosa è stato fatto e offrirgli i soldi che gli hanno dato per le sue terre: se lo accetta, non avrà perso nulla e se ci pensa meglio e rimane, tutti avranno vinto.

«Questo mi rilassa la coscienza e mi congratulo con te per la tua ingegnosità, Gleen.

«Trucchi da avvocato, amico. Se non sapessimo sfruttare le fessure che ci presentano i nostri avversari, come potremmo trionfare clamorosamente? Il successo sta proprio nel difendere ciò che sembra impossibile; l'altro, il volgare, si difende e non ha merito.

«Be', ora dobbiamo sapere come reagirà Alvin.

"Questo è ciò che dobbiamo guardare. Deve fare qualcosa perché è sempre più arrabbiato e non si accontenta delle sconfitte subite.

Armour decise di non informare i vicini del trucco usato per scongiurare almeno per il momento il tentativo di aprire buchi in quelle terre. Era preferibile lasciar dormire la faccenda il più a lungo possibile, per evitare polemiche che potessero provocare scismi.

Armor pensava che se il pericolo reale incombesse su quella parte del territorio, più di uno avrebbe vacillato. Il petrolio avvelenava non solo i corpi, ma anche gli spiriti, e molti sognavano di diventare uomini ricchi da un giorno all'altro.

Quello che ha fatto è stato istituire un servizio di sorveglianza a lunga distanza, per scoprire eventuali tentativi a sorpresa che potrebbero sorgere.

Long tornò due giorni dopo, perplesso e nervoso. Aveva aspettato invano Alvin e quando fu convinto che non sarebbe apparso tornò al suo ranch.

E ora non sapeva cosa fare. Si vergognava di riferire a Fuchs del suo fallimento e del ridicolo a cui era stato sottoposto, anche se non riusciva a spiegare il motivo dell'interesse ad acquistare la sua terra, per poi rinunciare all'acquisizione.

Il momento imbarazzante di andare a fare rapporto ad Armor fu evitato, mentre Gleen passava dalla sua cabina come se stesse passeggiando per distrazione. Vedendo Long, si fermò, dicendo:

"Buongiorno, signor Long. Non pensavo di averlo ancora visto da queste parti.

“Neanch'io, ma... è vero. Per favore, dì a tuo zio che non c'è niente nell'accordo di cui ti ho parlato.

"Come si dice? Quel rospo si è pentito?

“Non lo so, ma sembra di sì. Mi ha chiamato in McAlester per concludere l'affare e l'ho aspettato due giorni senza presentarmi. È una cosa sporca che non tollero a nessuno.

«Puoi aspettarti qualsiasi cosa da Alvin, signor Long. Comunque, forse non è riuscito a raccogliere i soldi e basta. Costa poco offrire, ma quando si tratta di dare...

"Non ho cercato lui, ma lui per me.

“Comunque, non dico che mi dispiace, perché non sarebbe vero. Per ora è meglio che tutti non disturbino la tranquillità che qui regna. Senza quel ragazzo, questo sarebbe il paradiso e... è meglio che rimanga così.

Dopo questa conversazione, non è successo niente. Le pedine di Armor erano all'erta, facendo scoperte, ma tutto era ancora calmo e sembrava che Alvin si fosse vantato molto di qualcosa che non trovava molto facile da realizzare. C'erano ossa in cui ha costretto a mettere i denti e questo sembrava uno. Passarono altri giorni, la calma continuò a regnare e Gleen guardò avvicinarsi il giorno del suo ritorno a scuola per continuare gli studi, senza che nulla fosse stato risolto.

E poiché intuì che l'esca doveva esplodere a un certo punto, disse allo zio:

"Scriverò ai miei insegnanti dicendo loro che non mi sono ancora del tutto ripreso e che ho bisogno di altri quindici giorni di vacanza. Forse in quel momento accadrà qualcosa che schiarisce il quadro.

"Penso che dovresti andare, Gleen" rispose l'allevatore. Ci sono abbastanza persone qui per affrontare qualsiasi pericolo.

"Sì, ma non mi fiderei di tutto questo. Dopotutto, quindici giorni o giù di lì non significano nulla. Li posso guadagnare studiando un'ora in più ogni giorno.

Ed è stata proprio quella stessa notte che la tregua è stata infranta in modo drammatico, senza che nessuno potesse specificare come fosse avvenuto l'attentato. Intorno alle tre del mattino e contemporaneamente sono scoppiati tre incendi nei campi di grano già asciutti di tre coloni nel bacino. Quando gli incendi furono scoperti, il fuoco, aiutato da una forte brezza che soffiava da nord, aveva preso violenza e minacciava di divorare la fatica di molti mesi di lavoro sulla terra.

Tutta quella parte della valle si svegliò allarmata al suono acuto dei corni da caccia che annunciavano il pericolo. Al ranch di Fuchs, tutto il peonage si alzò in fretta, pronto ad intervenire e lo stesso allevatore, a capo della sua squadra, si recò nei luoghi colpiti, che perché erano abbastanza separati tra loro, costretti a dividere le forze di soccorso, poter andare ovunque.

È stato un compito brutale ed estenuante fino all'alba, senza che lo sforzo fosse però molto efficace. Per lo meno, i raccolti furono distrutti o quasi distrutti, sebbene fosse possibile evitare che le capanne, alcuni capannoni e alcuni altri elementi venissero bruciati.

La costernazione regnava tra i padroni della valle. Alvin aveva cominciato a colpire con la forza che gli davano gli elementi coinvolti nel petrolio e cominciava a minare non solo la resistenza e la forza dei suoi nemici, ma anche il loro morale.

Ciò che non aveva ottenuto con la persuasione e l'offerta, cercò di ottenerlo con la distruzione e la paura, e Fuchs iniziò a temere che all'ultimo minuto il trionfo sarebbe stato suo nemico.

Quando i fuochi furono spenti, quando quei tre quadri di rovina e di miseria furono contemplati alla luce del sole, i volti di tutti erano contratti e rigidi, scorgendo le tempeste che insidiavano i feriti.

Finché uno, facendosi avanti, esclamò:

"Ecco cosa abbiamo ottenuto con tutto questo, signor Fuchs ed è necessario che le dica, poiché lei è stato colui che ha dipinto la situazione in modo diverso e ci ha costretto a impegnarci in qualcosa che è stata la rovina di alcuni.

"Non so se ci sarà o meno petrolio in queste dannate terre, ma avremmo guadagnato di più permettendo loro di controllarlo. Se avessero fallito, ora saremmo calmi e queste stupide rovine sarebbero state evitate e se avevano proprio preso il petrolio chissà la strada che avrebbe preso la nostra situazione in questo momento... anche se non ti piaceva.

Fuchs, di fronte alla filippica aggressiva del colono, rispose:

"È possibile, ma smettiamola di pensare a cosa sarebbe successo a chi, purtroppo, non ha avuto la fortuna di trovare oro nero sulle proprie proprietà.

"Niente di peggio?" gridò il colono, indicando disperatamente le sue orecchie carbonizzate." No, non peggio, perché almeno quello che avevamo sarebbe rimasto intatto.

"Credi? Sai qualcosa dell'influenza del petrolio sulla terra e sui raccolti? Ma se è un veleno che brucia tutto e lo uccide.

"Molto bene, ma rovina per rovina, era preferibile l'altra, perché almeno i favoriti avrebbero usato le viscere dei loro raccolti. No, non può andare avanti così e non continuerà. Gli impegni sono finiti quando, nonostante loro, nessuno ha saputo tutelare i nostri modesti patrimoni. Oggi il colpo è stato dato a tre, domani può essere dato ad altri e finire per gettarci tutti nella rovina. Forse non a te, perché hai molti uomini per difendere la tua proprietà, ma cosa ci guadagniamo dal tuo salvare ciò che è tuo, se perdiamo ciò che è nostro? Sono al verde, sprofondato, nella miseria, ma a meno che... vedrò se mi salvo in qualche modo. Quello che non ho permesso agli altri di fare sulla mia terra, lo farò io stesso. Aprirò dei buchi in esso finché non attraverserò il globo da una parte all'altra e mentre quell'agognato olio germoglierà,

Le altre due vittime, sentendolo, esclamarono con accenti feroci:

"Giusto e così sarà. Faremo lo stesso e farò una proposta a voi due. Ciò che può sorgere in una qualsiasi delle nostre terre, a terze parti di utilità e se germoglia in tutte e tre, meglio.

Fuchs, di fronte alla terribile minaccia che vanificava tutti i suoi sforzi per difendere i suoi pascoli dalla terribile e micidiale influenza dell'olio, perse il controllo dei suoi nervi, e alzandosi in piedi minaccioso, gridò:

"Ascolta; questo è diventato un inferno di interessi conflittuali, in cui, a quanto pare, tutti dovremo lottare per difendere ciò che è nostro. Ho cercato il modo più leale in modo che nessuno si facesse del male e non è colpa mia se certi mascalzoni, appellandosi a miserabili sabotaggi, hanno commesso questi furfanti che non hanno qualifica.

Ma proprio mentre parli di difendere ciò che è tuo, devo avvertire che difenderò ciò che è mio. Il petrolio è una minaccia per diverse miglia di pascolo e per poche migliaia di corna che mi ci sono voluti diversi anni e molti sforzi per raggiungere. Sono venuto qui per combattere con la terra, con gli elementi e con gli indesiderabili, per ottenere ciò che ora possiedo e ho dovuto rischiare la vita molte volte per difenderlo e preservarlo. Se ora qualcuno, chiunque esso sia, minaccia ancora quanto mi è costato tanto sacrificio allevare, sarà mio nemico e come tale lo tratterò.

»Il petrolio non è vero oro. L'estrazione di questo non danneggia una terza parte. Tirare fuori il petrolio da un pozzo è veleno per gli altri intorno e non posso tollerare che qualcuno mi distrugga le mie finanze. Voglio avvertirvi, perché se così mi dichiarano guerra, io la accetterò contro chiunque, per quanto doloroso possa essere per me rivoltarmi contro i miei amici fino ad oggi e che in buona fede ho cercato di difendere.

"Non dire sciocchezze" urlò uno. Se ti fosse stato conveniente estrarre l'olio dai tuoi pascoli, non avresti aspettato che venissero a proportelo, lo avresti cercato da solo, senza pensare agli altri, perché dentro la tua proprietà potresti fare qualunque cosa volevi. vincere. Bene, questo succede a noi; all'interno delle nostre trame possiamo fare ciò che vogliamo e nessuno potrà impedirlo.

"Io! Urlò Fuchs.

"Voi.

"Se io; perché può farmi del male e così come non ho voluto nuocere agli altri provando per primo, non tollererò che nessuno mi rovini. Voglio avvertire che metterò in moto tutti i miei uomini e che il primo a essere sorpreso ad aprire un buco, prima che possa aprirlo completamente, gliene metteranno uno in testa con un'oncia di piombo e sarà tutto finito.

Un drammatico silenzio ha accolto la minaccia. Fuchs aveva Gleen e molte delle pedine della sua squadra al suo fianco, e sembravano pronti a reagire.

"Allora perché non ci risarcisci il danno subito così come viene da te? "Ha detto un colono.

"Mi piacerebbe, ma non sono riuscito a farcela con tutti. Quello che posso fare è aiutarli a non soffrire la fame per il momento e più tardi, quando questo sarà risolto, perché deve essere risolto e forse non ci vorrà molto, allora studieremo come alleviare queste perdite.

"Parole e nient'altro che parole. La pratica è un'altra cosa e se qui c'è il petrolio... quella è la pratica.

"Spero che ci pensi bene", ha avvertito Fuchs.

"Si medita" tuonò uno; Sono responsabile della mia casa e farò quello che voglio. Gli altri che seguono il percorso che ritengono più conveniente per loro.

Il disorientamento regnava tra i presenti. Chi non aveva ancora subito attacchi o perdite non osava unirsi alle vittime, ma restava fedele all'aspettativa, perché se gli altri avessero sfidato le minacce di Fuchs e avessero trovato il petrolio, avrebbero tutti cominciato a scavare nelle loro terre con l'aspetto di bestie feroci. di nuovi e fecondi pozzi.

Armor ha posto una domanda generale:

Cosa pensano gli altri?

Nessuno sembrava disposto a prendere l'iniziativa, finché uno non ha risposto:

"Per il momento ci riserviamo il nostro parere. Le circostanze dominano e noi ci tempreremo con loro.

La risposta era ambigua, ma minacciosa, perché se qualcuno avesse scoperto il petrolio, anche altri, come le belve, sarebbero andati a cercarlo.

L'allevatore era fuori di sé. Sapeva di essere messo alle strette e di non riuscire a dominare così tanti elementi ostili nell'essenza o nel potere.

E temendo di provocare il cataclisma, decise di troncare una situazione così drammatica, dicendo:

"Signori, ho detto la mia ultima parola. Se come qualcuno ha indicato, è giunto il momento di salvare se stesso chi può e ciascuno va al proprio, e non all'interesse generale, difenderò ciò che è mio con le unghie e con i denti e senza guardare contro chi. Se necessario, sacrificherò la mia vita per evitare che i miei pascoli si trasformino in un deserto grigio e che il mio bestiame venga avvelenato. Seguendo la teoria di alcuni, faccio ciò che fanno gli altri: difendo ciò che è mio. Per questo ripeto che chi fa germogliare una sola goccia d'olio e mi porta alla rovina... deve prepararsi, perché io lo uccido.

E seguito dal suo, lasciò l'incontro per tornare al ranch.

La situazione era diventata disastrosa. La morte iniziò a camminare con la sua falce attraverso la valle, chiedendosi quale sarebbe stata la sua prima e migliore preda e tutti sapevano di essere minacciati dalla sua falce da un momento all'altro. Le tre vittime potevano portare avanti la loro minaccia di aprire dei pozzi, ma non potevano ignorare quella di Fuchs, che avrebbe acconsentito al prezioso aiuto delle sue pedine. Questi, prima di tutto, erano cowboy e difendevano i pascoli e il bestiame da cui dipendeva la loro vita.

Avrebbero appoggiato Fuchs in modo aggressivo e ce n'erano molti. Solo organizzando una forza per opporsi alla propria avrebbero potuto sfidare quella terribile minaccia.

Cosa sarebbe successo da allora in poi? Nessuno poteva prevederlo, ma tutti erano convinti che sarebbe stato qualcosa di troppo tragico per alcuni.

La minaccia di Fuchs ha scioccato i tre coloni la cui rovina era stata così tragicamente compiuta, e prima di sfidare il potere dell'allevatore, hanno scambiato opinioni. E c'è stato qualcuno che ha proposto:

"Penso che la cosa migliore sia andare alla McAlester, mettersi in contatto con la Oklahoma Oil Company, spiegare loro il caso e fargli inviare uomini in numero sufficiente per aprire i buchi. Se hanno causato la nostra rovina, lascia che espongano anche qualcosa per andare avanti nel loro sforzo. Chiederemo loro una somma per il noleggio dei pacchi e almeno, fintanto che si saprà se c'è o meno olio, recupereremo parte di ciò che è stato perso.

Uno di loro fu nominato affinché senza perdite di tempo potesse svolgere la gestione che tanto li interessava.

Il colono si è presentato in città, proprio nel momento in cui Alvin era lì a scambiare impressioni con il direttore. Aveva ottenuto la sua quota da acquistare nei pozzi che aveva scoperto e attendeva l'esito del sabotaggio che lui stesso aveva organizzato, per seminare zizzania tra i proprietari del bacino e rompere il patto siglato tra loro. Era infuriato per quello che credeva essere il cattivo lavoro di Long, e di fronte a tanta resistenza e difficoltà ad andare avanti, non aveva esitato a ricorrere a procedure drastiche.

Le minacce di Gleen non lo avevano impressionato, perché ora, con i soldi, poteva comprare coscienze e mani ben armate per portare a termine il lavoro.

Il manager, che era a conoscenza dell'ostinata lotta di Alvin con i proprietari terrieri della Wesley Valley, si è affrettato a chiamare l'ex commerciante per ascoltare il colono e ascoltare le sue proposte.

Il colono, presentato ad Alvin, avanzò su di lui furiosamente, ruggendo:

"Sei stato il furfante che...?

"Calmati, amico, e non alzarti prima del tempo. Mi hanno appena detto che venite a proporre alla società le vostre proprietà per provare ad aprire dei pozzi e se è così possiamo capirci bene.

"Non mi sarei appellato a simili procedure, se Fuchs, che ti ha preso in pugno, non mi avesse obbligato a farlo. Ho semplicemente cercato di affittare un terreno a chi voleva iniziare la ricerca; cosa che avrebbe giovato tutti, se c'era olio lì, come supponiamo, ma Fuchs mi trattava male, mi minacciava, addirittura mi maltrattava e si opponeva senza alcun diritto che altri facessero ciò che gli diceva di non essere interessato.

E ho dovuto rispondere allo stesso modo. Ho fatto una questione di autostima per scoprire il petrolio lì, se c'è, e ho fatto appello alle misure che mi hanno lasciato a portata di mano. Mi dispiace che tu sia stato sfortunato, ma cercheremo di rimediare, se davvero sei disposto a permettere che vengano scavati dei pozzi.

"Certo che siamo disposti e lo avremmo fatto noi stessi, se Fuchs non ci avesse minacciato di spargli fuori. Abbiamo rotto tutti i rapporti con lui, ma noi tre non possiamo stare davanti alla sua squadra, ecco perché siamo venuti ad offrire alla Compagnia il terreno affinché, se ha uomini sufficienti, possa inviare quelli necessari a scavare pozzi, se ci viene offerto il risarcimento dei danni subiti.

Alvin, che esplodeva di gioia nel sapere che stava per eseguire le sue minacce, rispose:

"Sono disposto a pagarti il valore di ciò che è stato perso negli incendi e poi, se scopriamo petrolio, troveremo un accordo, o comprando da te la terra, o offrendoti una quota del prodotto di ogni pozzo che si apre con la benzina.

«In tal caso, ho l'autorizzazione dei miei colleghi a trattare con te del contratto di locazione. Non appena il valore della perdita ci sarà stato pagato, consentiremo l'ingresso lì.

"Perfettamente. Cercheremo di valutare quelle perdite e firmare il documento.

Erano in un ufficio a discutere il denaro da consegnare e le condizioni del contratto, finché non trovarono un accordo.

Il colono firmò a nome dei tre, ricevette il denaro e disse:

"Quando pensi di inviare la tua gente?

"Dopodomani manderò quaranta uomini con l'attrezzatura necessaria affinché il lavoro possa essere svolto prima e in condizioni migliori.

"Molto bene, ma non dimenticare che Fuchs ha tutte le sue pedine in allarme e che stanno a guardia della prateria per impedire qualsiasi intrusione nelle nostre terre.

"Per me è lo stesso. Ora che so di avere il diritto di entrare e manovrare con assoluta libertà. Te lo prometto, Fuchs ricorderà il giorno in cui ha osato sfidarmi in un modo così idiota.

»Puoi tornare alle tue terre e rassicurare i tuoi compagni dando loro i tuoi soldi. Tra due giorni parleremo.

Il colono è tornato nei suoi campi distrutti e quella stessa notte ha incontrato le altre due vittime. Si sono sentiti rassicurati dopo aver ricevuto i loro soldi. Da quel momento in poi, lascia che Fuchs si occupi del suo nemico.

Sia Armor che suo nipote si sentivano molto nervosi. Sapevano che la terribile tempesta sarebbe presto scoppiata e ne temevano le conseguenze, perché gli faceva male dover affrontare non solo il loro nemico, ma anche i propri vicini.

Ma due giorni dopo, una delle pedine che osservavano da lontano, tornò al galoppo per annunciare a Fuchs, che due enormi carri carichi non sapevano cosa, perché i tendoni nascondevano il carico e un folto gruppo di cavalieri, avanzato da nord con direzione verso quella parte della valle.

Fuchs immaginò che fosse Alvin. Mantenne la promessa di accettare la battaglia e la provocò, perché senza provocarla non avrebbe potuto ottenere nulla.

Questo gli fece capire che sarebbe stato inutile appellarsi all'aiuto di coloro che fino a poco tempo fa erano stati suoi alleati. Tutto quello che poteva sperare era che fossero neutrali finché non avevano motivo di inchinarsi da una parte o dall'altra.

La posta in gioco era alta e Armor partì per combattere la battaglia. Forse se l'avesse vinto, avrebbe messo da parte il pericolo per sempre.

Ha molestato i suoi peoni e si sono preparati a respingere gli intrusi che hanno cercato di penetrare nelle terre dei coloni.

Ma il suo stupore e la sua rabbia furono enormi, quando dal gruppo si stagliarono due cavalieri, sul cui petto brillavano al sole le stelle d'argento degli sceriffi o almeno dei commissari.

Uno era il vice sceriffo di McAlester e l'altro uno sceriffo di McAlester.

Il vicesceriffo avanzò verso il gruppo ostile di Fuchs e le sue pedine, e l'allevatore, temendo il peggio, ordinò ai suoi uomini di tenere le mani a posto.

"Chi di voi è Armour Fuchs?

"Io" rispose l'allevatore salutando raucamente il vicesceriffo.

«Molto bene, in questo caso devo comunicarti una cosa del mio capo, lo sceriffo generale di questo bacino. Questi uomini che mi precedono, si avvalgono del loro perfetto diritto di prendere possesso della terra che hanno affittato, secondo i documenti che hanno debitamente esibito e nei quali intendono lavorare nelle operazioni di trivellazione per la ricerca del petrolio.

»Poiché a quanto pare, secondo la denuncia del padrone di casa, ti opponi con la minaccia della forza che usino quel diritto che tutela la Legge, io vengo per conto dello sceriffo per darti l'avviso e per avvertirti che ogni tentativo di attacco o coercizione per prevenirli L'esercizio di quel diritto perfetto che li assiste influirà su di te e su chi ti sostiene in un'azione aggressiva.

»E qualora ciò avvenga e gli venga avverso il legittimo diritto di difesa da parte dell'aggredito, oltre alle responsabilità legali previste dalla legge, nulla potrà rimproverare o esigere responsabilità da chi, difendendo il proprio, potrebbe arrecare gravi danni al contrario. . Spero che tu prenda nota e ritiri le tue forze nel tuo ranch. Lasciare gli altri liberi di esercitare i propri diritti.

Fuchs, che era livido, rispose, mordendo le parole:

"E chi mi assicura contro i gravi pericoli che mi causerà l'uso di quel diritto che la legge tutela?

"Cosa significa?

"Lo sai. Come l'olio germoglia e corre per i campi, secca l'erba, la brucia, distrugge la linfa che contiene e devasta tutto ciò che lo circonda. Ho pascoli rigogliosi e qualche migliaio di capi di bestiame che possono essere avvelenati se il l'olio sale e siccome è sicuro, distrugge i miei pascoli, chi mi preserva da questo danno?

»Non m'importa cosa fa il prossimo se non mi fa male, ma se per arricchirsi devo rovinarmi, che non tollererò con la legge e contro la legge.

"Se è così, puoi presentare una richiesta di risarcimento e far decidere ai tribunali se ce ne fossero e di quanto. La legge è legge e va rispettata.

"Pensi che sia sicuro e positivo? Credi che mi pagherebbero le molte migliaia di dollari che tutto questo vale, e il rendimento che ne ricavo all'anno? Credi che per favorire gli altri devo rinunciare a ciò che è mio in ogni caso? Perché non cercano il petrolio nelle praterie aperte nei deserti, o sui pendii delle montagne dove non possono fare del male a nessuno? Perché dovrebbe essere proprio in un nucleo di terra fertile, in cui si produce tutto ciò di cui la vita dei popoli ha bisogno per nutrirsi? È che con questa eccessiva e folle ambizione che ha scosso la gente a cercare il petrolio come se quel dannato liquido costituisse tutto, si possa permettere la riduzione fatale o la morte del bestiame e dell'agricoltura, tanto quanto o anche più necessaria del petrolio? Perché non armonizzare i due senza danneggiarsi a vicenda?

"Mi proponi una teoria che corrisponda ai governi e non a me per risolverla. Io rappresento la legge a secco e la legge tutela chi ne ha chiesto protezione, il resto può essere sollevato da chi corrisponde per cercare quella soluzione che io non nego.

"Certo, e quando questo sarà studiato e risolto in cinquant'anni, dove saranno i perdenti?

"Mi dispiace di non poter risolvere i tuoi problemi, ma non è in mio potere. La mia missione è una e la compio; il resto deve essere risolto da chi ha l'autorità e il potere di farlo.

Fuchs, sul punto di esplodere, gridò:

"Molto bene, queste persone hanno il diritto di stabilirsi in quelle terre e aprire buche per seppellire tutti. Li aprano finché non escono dall'altra parte della Terra e finché si limitano a quello, mi limiterò ad aspettare, ma se hanno la sfortuna di far uscire il petrolio, e minaccia le mie terre, allora l'inferno sembrerà a qualcuno un luogo di svago con cui esploderà qui. Ho giurato che prima di vedere le mie terre bruciate e le mie carcasse, dovranno uccidermi e che si preparano a tentare, ma finché non ci riusciranno, temono per il loro petrolio, per le loro vite e per il globo. È tutto quello che ho da dirti.

E senza aspettare altro fece un cenno ai suoi uomini e alla squadra, tesi, con i denti stretti dalla furia mal contenuta, tornarono al ranch, mentre i due grossi carri con il loro carico e il grosso picchetto di difensori a guardia di loro. , sono andati avanti, preceduti dal vicesceriffo e dal commissario, a garanzia che nessuno avrebbe impedito loro di raggiungere le terre affittate e di stabilirvisi. Il resto, quello che poteva derivare da quell'atto audace, poteva essere previsto solo dal destino.

CAPITOLO IX

Felicissimo del suo successo, Alvin avanzò con questa enorme macchina verso le terre dei tre coloni. Aveva saputo fare le cose con abilità, nascondendosi nell'aiuto dell'autorità. Sapeva che si trattava di un momentaneo freno all'impulso aggressivo di Fuchs, una parentesi che gli avrebbe permesso senza lotta ed esposizione di raggiungere le terre con i suoi uomini e le sue attrezzature intatte, ma non era più così sicuro che la protezione morale della legge gli sarebbe servita . tanto se l'olio venisse a sgorgare.

Allora, sarebbe stata la forza a dire l'ultima parola, ma anche così, in caso di ritrovamento del petrolio, poiché il ritrovamento valeva la pena di esporre molto e spendere di più, assumerebbe uomini in numero sufficiente per battere il suo odiato rivale.

Finora aveva abbastanza per proteggere i sondaggi preliminari; più tardi, la fortuna avrebbe avuto l'ultima parola. I due grandi carri trasportavano il materiale più preciso per i primi tentativi. Erano apparecchiature elettroniche, molte centinaia di metri di cavi, un piccolo impianto di perforazione e dinamite in abbondanza. Il lavoro preliminare consisterebbe nell'apertura di buchi, nell'esplosione della dinamite al loro interno e nello studio dei riverberi dei bracci con i sismografi, nell'ascolto del terreno e nella stesura delle mappe, che serviranno allo studio dei tecnici fino alla localizzazione delle cupole .

Ma a volte, tutti questi lavori scientifici erano inutili in un senso o nell'altro. Inutile, se non c'era l'olio nel luogo dove si cercava e inutile se la fortuna li fece preparare ad addentrarsi in luoghi favorevoli dove la fortuna li aveva condotti a scoprire olio fin quasi al suolo, perché poi bastava tritare pochi metri introducendo un semplice tubo cavo attraverso il foro, in modo che quando raggiungeva l'intercapedine dove si trovava l'olio, sgorgasse con la forza di un proiettile, risparmiando studi, mappe e altri dati tecnici che la natura prodiga ha reso superflui.

L'arrivo di quel materiale e di tanti uomini per proteggerlo, ha sconvolto il resto dei proprietari terrieri di quella parte. Apparentemente, il materiale non era ancora completo; Dovevano ancora arrivare nuovi carri con altre trivelle e tubi di perforazione, e un'irrequietezza nervosa e febbrile prese tutti.

Cosa accadrebbe se il petrolio emergesse sulle terre di quei tre determinati coloni? Perché non potevano tentare la fortuna anche gli altri se la mania del petrolio si era già impadronita di tutti e se fosse esplosa, il volto della valle sarebbe cambiato come se fosse stato scosso dal caos geologico? La cosa interessante è che tutti hanno tentato la fortuna allo stesso tempo. Se ci fosse per tutti, niente da perdere tempo e se non ci fosse, tutti si convincerebbero allo stesso tempo di quanto sterile sia il terreno.

Per questo, non appena iniziarono i preparativi di trivellazione nelle terre dei coloni colpite dall'incendio, in tutti gli altri luoghi iniziarono come prova, senza mezzi efficaci se non picconi, badili e alcune sbarre di ferro cavo, il tentativo di cercare petrolio possibile, tutti sognando di trovarlo appena graffiato il suolo.

Al ranch di Fuchs regnava la tensione. L'allevatore, eccitato, parlò solo di una terribile lotta senza quartiere e non c'era modo di calmare i suoi nervi.

Virginia era spaventata dall'atteggiamento di suo padre; Per due volte aveva cercato di lasciare la fattoria da solo, ossessionato dall'idea di trovare Alvin per finirlo, e Gleen, che era perfettamente al corrente di tutto, cercò di calmarlo, dicendo:

"Ascolta, uomo; non guadagniamo nulla perdendo il controllo dei nostri nervi e anticipando gli eventi. Nessuno è sicuro che ciò che cercano possa esistere e finché non esce petrolio, perché disperare e provocare qualcosa che potrebbe essere fatale?

Se non lo trovassero, non ci sarebbe nulla da provare e il fallimento e la perdita sarebbero per loro. Forse allora realizzeranno la loro follia e si pentiranno di essere stati portati via dalla fantasia.

»Se ciò accade, non ci sarà bisogno di combattere ed esporre vite inutilmente. Tutto affonderà da solo, senza aggiungere benzina al fuoco.

«Questo è tutto molto sensato in teoria, Gleen; Ma cosa succede se si presenta, chi evita allora la catastrofe? Quello che voglio è anticipare ciò che in seguito sarebbe irrimediabile.

"Ti capisco, ma pensi davvero che lo eviterai provocando quella rissa? Nota che Alvin questa volta non si è fatto trovare impreparato; Porta con sé quaranta uomini ben armati, che saranno senza dubbio pronti a combattere, se non fosse di più, la nostra squadra, anche se un po' meno numerosa, potrebbe forse provare a spazzare via quelle persone, ma avete pensato al aiuto che darebbero ad Alvin gli altri proprietari, quando sono stati influenzati dalla follia del petrolio e tutti hanno trasformato la valle in un inferno dove non c'è braccio che in questo momento non afferri le vette per addentrarsi nella terra? Si sarebbero uniti agli uomini di Alvin e avrebbero formato un contingente contro il quale non avremmo potuto fare nulla per la quantità, anche se non per la qualità.

"Quindi cosa pensi che dovrei fare, permettere loro di trasformare i miei pascoli in un campo di desolazione?

"Potresti in qualche modo impedirlo, se dovesse accadere? Penso di no, e per lanciarsi in una lotta disperata c'è sempre tempo, soprattutto se c'è un momento serio per provarci.

»Non lo dico perché ho paura di essere uno di più nella lotta; Con Alvin invece ho in sospeso l'equilibrio di un duello e non me ne andrò senza misurarmi con lui, ma in maniera definitiva.

"Quindi tieni presente che se devi combattere, io sarò al tuo fianco nel momento decisivo. Capisco solo che la lotta, o non dovrebbe mai essere sollevata per mancanza di un motivo fondamentale, o quando si verifica, che è per qualcosa di vita o di morte.

L'allevatore non sembrava convinto dagli appelli che la sua calma nei confronti del giovane, ma Virginia, che temeva per la vita del padre, sostenne Gleen e con lui si batté moralmente per convincere Fuchs.

Ha finito per calmarsi un po' e promettere sanità mentale. Deve aggrapparsi all'ultima speranza che aveva; quella che i tentativi sono falliti e non hanno trovato petrolio.

Ma da quel momento in poi i suoi nervi avrebbero subito sussulti capaci di farlo impazzire, ogni volta che il vento portava l'eco delle esplosioni di dinamite alla fattoria, allargando e approfondendo i buchi che si stavano aprendo.

Glen era preoccupata. Sapeva cosa sarebbe potuto scoppiare ad un certo punto e non vedeva una soluzione praticabile al potenziale dramma.

Il petrolio, precipitando nei solchi della terra altrui, poteva essere la rovina di Fuchs, senza beneficio, ma perché, se i pascoli erano minacciati, questa rovina non poteva essere mitigata con una controparte?

Se c'era olio nella valle, potrebbe benissimo provenire dalle terre di Long, o da chiunque altro, come potrebbe dai pascoli di Fuchs, e se questo dovesse accadere, perché non anticipare gli altri, cercando proprio lì cosa ? cosa potrebbe esserci ovunque?

Pascoli e bestiame potrebbero andare persi, ma se la terra contenesse olio, compenserebbe la perdita con il suo valore e, infine, la vendita dei campi compenserebbe l'allevatore per le sue perdite.

Ma, questo ragionamento logico, chi lo ha esposto ad Armour? Nella loro ossessione, lo avrebbero respinto furiosamente senza voler sentire parlare di lui.

Eppure era una misura prudente e lungimirante, da non trascurare. Quando devi affrontare grandi eventi, le soluzioni non possono essere accoppiate con il tuo desiderio, ma con ciò che si può estrarre da quegli stessi eventi, perdendo il minimo e guadagnando di più.

Infastidito da questa idea, fece in modo che Virginia ne condividesse. La ragazza non era stupida; Gleen conosceva troppa logica per esporre la realtà senza false apparenze, e l'ha fatta conoscere a sua cugina.

Questo, convinto dalle loro argomentazioni, rispose:

"La penso come te, Gleen; Se è inevitabile che sorga l'olio e può rovinarci a beneficio solo degli altri, perché non rimediare alla nostra rovina con la stessa cosa che lo produce per noi? A dispetto di mio padre, la realtà sarà una sola e che gli piaccia o no l'olio, sarebbe il genere stupido di rovinarci e rinunciare a quella che potrebbe essere la nostra salvezza.

"Ma io penso come te, chi glielo espone? Non sarei io, nonostante tutte le ragioni.

"Neanch'io, ma, tuttavia, ci sono molti modi per superare certe difficoltà.

"Come?

"Ho un'idea e ti chiederò di esprimere la tua opinione in merito, in modo che, in definitiva, la responsabilità sia di tutti. Hai un caposquadra che è un uomo molto ragionevole. Oserei spiegargli tutto questo, per vedere qual è la sua opinione, e se la pensa come noi, allora, secondo lui, potremmo provare qualcosa senza che tuo padre lo scopra, almeno per ora.

»L'idea è, che cercando un luogo del più remoto e nascosto dei pascoli, dove è difficile passarci, un paio di uomini si dedichino a scavare il più possibile, alla ricerca di un possibile pozzo. Nei capannoni sono presenti lunghi tubi di ferro, che servono a sostituire i pezzi di tubo che uniscono gli stagni. Con loro, potrebbero provare un saggio, anche se so che non sarebbe molto scientifico, ma, chissà, almeno sarebbe un'iniziazione a ciò che fanno gli altri, e se qualcuno degli altri è fortunato in tal senso, perché no accettare che qui si fosse avuto anche?

Non c'è altra soluzione, Virginia. O il fallimento è clamoroso, o anneghiamo tutti nel petrolio; ma sì, che siamo tutti e non solo pochi.

»Fortuna per fortuna; Se si perde il ranch di bestiame, l'olio sale e, dopo... beh, con quello che produce si può ricominciare tutto da capo, anche se c'è bisogno di lasciare questa maledetta terra e andare in Texas, o dove il bestiame sono garantiti per non essere avvelenati dal petrolio.

«La tua idea è buona, Gleen, ma... e se mio padre lo scopre?

"Se lo scopre in anticipo, tutto ciò che può succedere è che proibirà ulteriori scavi. Mi prenderò la responsabilità dell'idea e lascerò che sia ciò che Dio vuole.

"Per come sono diventate le cose, è un suicidio andare controcorrente, e ciò che viene imposto è nuotare in suo favore.

Virginia finì per essere d'accordo e promise a Gleen di parlare con il caposquadra e di presentargli l'idea.

Il caposquadra rifletté profondamente prima di rispondere e infine disse:

"Penso che la soluzione migliore potrebbe essere quella. So che al capo non piacerà, perché è ossessionato dal non sapere nulla del petrolio, ma se mai scorrerà e deve distruggerlo, almeno dovrebbe avere un risarcimento. Quello che perdi da un lato, lo vinci dall'altro, e poi, se vuoi, andremo da qualche altra parte a fondare un nuovo ranch, dove non siamo minacciati da quell'inferno.

"Pertanto, ho intenzione di assecondare la tua idea. Penso che ci sia un ottimo posto per provarlo, perché se troviamo dell'olio, abbiamo accanto un profondo burrone, che potrebbe fungere da zattera naturale per raccoglierlo, senza perdere una goccia, finché qualcuno non si prende imbottigliandolo e rimuovendolo da lì. Una volta che le cose sono fatte, si facciano con la testa.

"Magnifico! esclamò Gleen. Vuoi che andiamo a vedere quel posto?

"Andiamo la.

La visita convinse entrambi i giovani del motivo per cui stava assistendo il caposquadra. Scavando in quel sito, che era anche protetto da siepi selvatiche, che avrebbero nascosto chi vi agiva, qualora sorgesse olio, esso poteva discendere attraverso un crepaccio appositamente allargato e riversarsi in un lungo e profondo burrone che si apriva più in basso di quella , a una distanza di venti metri.

D'accordo, il caposquadra si accordava con loro per scegliere una coppia di uomini di fiducia e dedicarli a questo lavoro, dopo aver spiegato il motivo di quel tentativo. Come i buoni cowboy, anche loro odiavano il petrolio e non avrebbero fatto un lavoro del genere per il loro piacere.

Tutti dovevano fare attenzione che Fuchs non venisse a conoscenza della manovra, quindi non potevano usare la dinamite per scavare le buche, perché si sarebbero denunciati e Fuchs si sarebbe infuriato contro i congiurati. E una volta risolta la questione, tutti stavano aspettando cosa sarebbe successo.

Nessuno ignorava di avere sotto i piedi un terribile e dilatato barile di polvere da sparo che poteva esplodere tragicamente da un momento all'altro, e che la paradossale miccia che lo avrebbe fatto volare sarebbe stato il primo beccuccio di olio nero a uscire dalle loro viscere.

Era passata una settimana mortale da quando Alvin era arrivato con la sua attrezzatura, e sebbene la febbre della follia funzionasse ovunque, la situazione rimaneva stazionaria.

Erano stati avviati dozzine di pozzi poco profondi, riempiendoli di dinamite, che quando esplose allargava i fori, ma i segni del petrolio non si trovavano da nessuna parte.

Alvin non si sentiva ancora senza speranza. Stava praticando quello che era, aveva scavato abbastanza buche inutilmente, almeno a certe profondità, ma questo aveva aiutato i tecnici a studiare il terreno, le vibrazioni e altri aspetti tecnici del difficile problema.

E sapeva di pozzi che avevano consumato settimane e persino mesi, alcuni per essere sterili e altri, per fornire, in definitiva, il prodotto desiderato, la tenacia e la spesa messi al servizio di quel business insicuro.

Ma alcuni di coloro che, contagiati da questa febbre, avevano cercato di cercare da soli con mezzi molto meno pratici di Alvin, cominciavano a sentirsi senza speranza. Erano stati allucinati fin dalla prima intenzione, credendo che fosse una cosa molto facile e veloce e guardavano con preoccupazione come passavano i giorni, impiegavano le loro energie in quell'enorme lavoro e il risultato era negativo, con doppio danno per loro, perché il il resto della loro Opera, fino ad allora pratica e gratificante, lo aveva abbandonato, esponendosi alla perdita di entrambi.

Nel giro di due settimane dall'inizio dei lavori, i meno pazienti avevano gettato sgomenti picconi e badili e guardavano furiosamente le fosse profonde, aride, sterili e gli enormi mucchi di terra ammucchiati ai lati, che occupavano uno spazio che dedicato ad altro, avrebbe dato più prestazioni.

E imbronciati e avviliti, si cercavano per scambiarsi impressioni e incoraggiarsi a vicenda, se questo era possibile.

"Cosa ne pensi? "Ha chiesto uno." Abbiamo sprecato energie e tempo per più di due settimane, e non c'è segno di niente. Credi che, finalmente, otterremo qualcosa?

"Chi lo sa?" Rispose un altro, con voce roca. "Ho abbandonato i miei campi che più che mai avevano bisogno della mia attenzione e sono come te. Comincio a credere che abbiamo fatto una cosa pazzesca per lasciarci sedurre dalla tenacia di quel ragazzo che ci ha rivoluzionato tutti.

"Mi sembra" ha affermato un terzo. Fuchs ci ha assicurato più volte che tutto è nato da un antagonismo personale tra lui e quell'uomo. Finiremo per essere d'accordo con lui, e come farà a ridere di noi se è l'unico che ha visto chiaramente.

"Ancora non si può dire nulla" assicurò un altro, che sperava ancora di realizzare la sua ambizione. Brown mi ha detto che questo Alvin non è deluso e che i suoi uomini stanno ancora lavorando sodo. Assicura che, a volte, sono state scavate buche che hanno impiegato due e tre mesi per far sgorgare l'olio.

"Beh, è possibile, ma... chi può scavare per tre mesi e senza mezzi come lui? Se è così, ci vorrebbe un anno e mezzo per raggiungere quella profondità.

"Penso di sì" rispose il primo "e penso che siamo stati sciocchi lanciandoci alla ricerca da soli. Se c'è petrolio e quel tipo lo tira fuori, sarà interessato a continuare a trivellare pozzi, ed è lui che deve trattare con noi per aprirne altri sulle nostre proprietà.

«Ma se lo fa, ne vorrà di più.

"È naturale, ma se non dandolo non riusciamo a farlo germogliare, pensate che tutto il liquido immagazzinato uscirà dai vostri pozzi e avremo perso la nostra parte.

"E' vero. Dovremo dipendere da lui

"Ma se" un altro "non è stato trovato e quel ragazzo deve andare con i suoi impedimenta altrove, non avrà perso più dei soldi che ha usato, ovviamente, ma noi, in che situazione saremo lasciati? Ci siamo alzati al signor Fuchs, e d'ora in poi i nostri rapporti saranno tutt'altro che cordiali: è furioso per tutto quello che è successo e non vorrà più sentirci.

"Beh, eccolo" ha affermato uno. "Finora ho vissuto solo di ciò che mi dà la mia proprietà.

"E tutti loro, ma a volte… i nostri guai ci hanno costretto a rivolgerci a lui, e lui ci ha sempre dato una mano. Non credo che dopo questo, lo farò.

"Sì, non sai mai come farlo bene.

"E' un peccato" commentava un altro ", perché se qui c'è molto petrolio, ti sei fermato a pensare al beneficio che avremmo ottenuto in breve tempo? Solo vendere il nostro terreno alla Società ci darebbe venti volte quello che vale ora, e ne vale la pena, se c'è una possibilità di vincere in quel modo.

"Questo dovrà essere visto. Poiché ci vuole molto tempo per trovare qualcosa, finiremo tutti al verde o qualcosa di simile.

Ma Alvin non era preoccupato per gli scoraggiamenti degli altri proprietari. Sapeva di cosa si trattava e non si è scoraggiato così presto, anche se già cominciava ad innervosirsi, perché se avesse fallito, a parte la corsa ridicola, avrebbe sprecato gran parte di quello che aveva appena raccolto per la ha venduto pozzi e la sua vendetta su Fuchs mi avrebbe deluso.

Ma aveva ancora speranza. L'ingegnere che aveva accompagnato lui ei suoi assistenti, studiava costantemente le caratteristiche delle esplosioni, esaminava la terra estratta ed era in attesa del loro lavoro.

Giorni dopo, Alvin tremò di emozione, quando attraverso il tubo cavo che affondò nella terra, percepì uno strano odore, che fino a quel momento non aveva percepito. Era come un vago odore di petrolio lontano, ma pur sempre un odore.

Si consultò con l'ingegnere, che gli disse:

"È molto probabile che sia un gas precursore per lo scoppio del pozzo. Se è così, temo che tu non abbia il terreno pronto per raccoglierlo immediatamente. Si perderà molto petrolio.

E Alvin, con un accento fiero, disse:

"L'ho previsto e non mi interessa; piuttosto, il mio desiderio è che sia un grande pozzo di espansione, espellendo molti galloni di petrolio al minuto.

"Perdere più soldi?

"Invadere questa terra in un giorno e discendere questi pendii. Vedi laggiù quel recinto di biancospino? Ebbene, è quello che separa i pascoli dall'uomo che odio di più al mondo e quello che più mi odia. Se ti dico che sono venuto qui per rischiare i miei soldi e anche la mia vita per darmi il piacere di vedere l'olio sgorgare e scendere come una cascata verso i tuoi pascoli solo per lavarli via e trasformarli in un rudere, sono non mentirti. Questo è il mio più grande piacere e, per ottenerlo, darei tutto ciò che può essermi utile in qualsiasi pozzo nascente.

"Beh, se è così, sospetto che la sua vendetta sia vicina al consumarsi. Resta da sapere quale sarà la reazione del "beneficiario".

"Suppongo che lei, e sono preparato per lei, ecco perché ho qui quaranta uomini che pagano loro un buon stipendio per non aver fatto nulla finora. Hanno la missione di ricevere l'ondata di rabbia dal mio nemico e spero che se decide di contrattaccare, riceverà l'ultima e la più fatale per lui.

La notizia che i sintomi del gas cominciavano ad apparire dal pozzo principale che si stava aprendo si è diffusa a macchia d'olio in tutte le proprietà. Alla fine, sembrava che i progetti dell'ostinato wildcatter sarebbero stati una realtà e che il petrolio sarebbe emerso come una promessa, che poteva raggiungere non solo uno, ma molti.

E ancora, la febbre di continuare a esplorare ha invaso tutti. Coloro che avevano lasciato le vette per tornare a coltivare i loro raccolti, li dimenticarono per riprendere le armi da lavoro, e una febbre di follia si diffuse da un capo all'altro della valle.

Tutti immaginavano che lo scoppio fosse vicino e che ad un certo punto, quella che per alcuni era già un'entelechia, sarebbe diventata realtà.

La febbre era tale che il viaggio di ricerca si intrecciava di notte. Le lampade a cherosene illuminavano fantasticamente i luoghi di lavoro, dove l'uno e l'altro, secondo i loro mezzi, mordevano forte.

Ed erano circa le tre del mattino, quando nel pozzo dove Alvin aveva riposto le sue speranze, l'olio sgorgò potente, coraggioso. Attraverso il tubo cavo e spesso della torre di perforazione, l'enorme getto si sollevò, raggiungendo un'altezza di una dozzina di metri e mezzo, e in seguito, avendo perso la forza di espansione, discese in un getto nero e pestilenziale, che catturò i vari operai che lavoravano perforando e lui li travestiva trasformandoli in fantasmi neri grondanti di liquido fetido.

Un enorme grido di gioia esplose da dozzine di gole al ritrovamento tanto atteso, e mentre il liquido continuava a salire nello spazio nero della notte, in un flusso ininterrotto. Le gole erano rauche, urlando:

"Petrolio! Petrolio!

E le urla, portate dal vento, raggiunsero il ranch di Fuchs, come una tromba da guerra.

L'ora della battaglia era suonata e non ci sarebbe stato potere umano che potesse fermarla per un solo momento.

CAPITOLO X

FUOCO ALL'INFERNO

La luce del nuovo giorno ha permesso di registrare il paesaggio. Fuchs, che era livido di rabbia, guardò in lontananza con desiderio. Nella luce rossastra del mattino, il getto dell'olio maledetto era come una parabola nera, macchiando la limpidezza del paesaggio e il liquido sporco, mancando di luoghi adeguati per la raccolta, aveva formato vari solchi, come serpenti avvelenati che scendono attraverso il fiume. terreno in pendenza e guardando in basso i pascoli di Fuchs, per entrarvi.

E l'allevatore, rendendosi conto che la catastrofe era già inevitabile, iniziò a ruggire come un pazzo:

"Miei uomini per me, dobbiamo spazzare via quei bastardi che ci hanno vigliaccamente portati alla rovina! Avanti!

I peoni, infuriati, prepararono i loro cavalli pronti a lanciarsi nella lotta, e Virginia, atterrita, volle fermare il padre, ma lui, bruscamente, la respinse, per lanciarsi alla cieca verso il luogo dove l'olio continuava a scorrere e ad alimentare il ruscelli, che avevano già iniziato a filtrare attraverso la recinzione di biancospino.

Gleen, notando lo stato d'animo dello zio, non poté far altro che saltare sul cavallo e cercare di seguire l'allevatore, per proteggerlo al meglio delle sue capacità.

Sapeva che non c'era alcun potere umano che lo fermasse nella sua ansia di combattere e vincere o morire.

La squadra, contagiata dalla stessa furia del loro datore di lavoro, essendo anch'essi colpiti dalla possibile rovina del ranch, si era precipitata a richiedere le proprie cavalcature e le proprie armi e si preparava a combattere la dura battaglia. Come una valanga, lasciarono i pascoli e si lanciarono d'impeto verso il luogo dove sgorgava l'olio, pronti a distruggere qualunque cosa trovassero sul loro cammino.

Alvin, che aveva previsto la feroce reazione del suo nemico, fece preparare i suoi uomini allo scontro, e così, non appena si accorsero che la squadra era su di loro, le loro guardie si precipitarono ad incontrarli per tagliarli fuori e non permettere loro per avvicinarsi al pozzo.

Ben presto quel pezzo di valle divenne un terribile campo di battaglia. Erano stati pronti a disintegrarsi per non formare una massa compatta, facile a concentrare i colpi contro di essa, e si cercavano con furia selvaggia, pronti ad annientarsi a vicenda.

I fucili furono i primi a cantare la loro canzone di morte, sparando a distanza, ma quando lo slancio dei cavalli tagliarono il terreno e caricarono, i fucili erano armi fastidiose e poco pratiche, quindi furono rapidamente sostituiti dal "Colt »Più facile da uso e più pratico per un combattimento quasi corpo a corpo.

I coloni, terrorizzati dalla tragica immagine che si offriva ai loro occhi, fuggirono dal campo di battaglia, cercando rifugio nelle loro capanne o schiacciandosi tra i campi per rubare il corpo alla tempesta di proiettili che sibilava sinistri intorno a loro.

Alvin, spronato dal suo odio per Fuchs e temendo che la spinta disperata dei suoi uomini potesse sopraffare il suo, spazzando via ciò che tanto sforzo e denaro gli erano costati per raggiungere, non rimase a guardare. Non era un vigliacco, era incoraggiato da un odio violento contro il suo nemico e capì che doveva essere uno di più per unirsi alla lotta e dare l'esempio affinché altri non provassero qualche svenimento che potesse essere loro fatale.

E come un altro gettò il suo cavallo nel vortice della lotta, cercando l'allevatore tra il trambusto dei membri della squadra. Se doveva esporsi, voleva farlo cercando personalmente il suo rivale.

Anche Fuchs, animato dallo stesso sentimento omicida, lo cercava, ma c'era qualcos'altro che lo ossessionava e che era diventato l'obiettivo principale del suo attacco.

Quando aveva lasciato il ranch, aveva estirpato furiosamente alcuni cespi di piante resinose, che aveva acceso sulla sella senza fermarsi a malapena in questo lavoro. Green lo guardava e avrebbe voluto chiedergli a disagio cosa stesse combinando, ma l'allevatore, ignorandolo, ha continuato a galoppare freneticamente e il giovane ha rinunciato, limitandosi a seguirlo, come se fosse la sua ombra, temendo ogni tragico eccesso dell'esaltato allevatore, che aveva perso il controllo dei suoi ragionamenti ed era animato solo da un'idea terribile: quella di distruggere tutto ciò che gli si opponeva.

E Gleen si sentiva sempre più oppresso mentre guardava lo zio galoppare dritto verso la torre eretta, incastrata nei campi di uno dei coloni, dalla cui cupola spuntava ancora, nero e sudicio, il grosso becco del becco.

Che fine ha fatto? L'irrequietezza lo sopraffece e cercò di resistere alla sua avanzata. In questa parte si erano radunate una dozzina di guardie, decise a non permettere ai loro nemici di raggiungere il pozzo.

Il caposquadra aveva notato anche il rettilineo del suo patrono, si affrettò a manovrare per non essere separato da lui e si trascinò dietro altri tre uomini, i quali costituivano un gruppetto isolato dal resto dei combattenti.

I guardiani del pozzo si affrettarono a chiudere le distanze, uscendo davanti all'allevatore, per impedirgli di raggiungere il pozzo, ma le mani di Fuchs erano due vulcani di morte, maneggiando i due "Colt" di cui era provvisto.

I suoi seguaci maneggiavano anche il doppio delle armi rispetto a quella attuale, e quindi ogni uomo sparava di due e raddoppiava la sua forza di attacco e difesa.

Per alcuni minuti, entrambe le parti sembravano fermate dalla forza della collisione. I revolver lavorarono per seminare morte e terrore, e quattro delle guardie caddero dai loro cavalli, mentre due delle pedine di Fuchs si chinarono sui loro cavalli, ricevendo la carezza allucinatoria dei proiettili.

Ma lo slancio dell'allevatore è stato travolgente, assecondato dal caposquadra e da suo nipote. Due nuovi nemici furono ben colpiti, e gli altri furono costretti a ritirarsi, inseguiti dagli assalitori.

Ma, all'improvviso, l'allevatore tardava, tirò il grosso fascio di rami resinosi che pendeva dalla sella e, tirato fuori un fiammifero, gli diede fuoco.

La resina cominciò a bruciare e i rami minacciarono di diventare un piccolo fuoco nelle mani dell'allevatore, il quale, accecato dal furore, senza misurare il pericolo, galoppò veloce in direzione del pozzo.

Gleen, rendendosi conto di essere rimasto indietro, girò la testa in cerca di lui, e scoprendolo con i rami ardenti tra le mani, intuì la follia che intendeva commettere e, terrorizzata, ruggì:

"Zio! Zio! Indietro... no, non quello... per tutti i santi! James... aiutami a trattenerlo!

Ed era impossibile raggiungerlo prima che terminasse la sua terribile e drammatica opera. Alla cieca, avanzò verso l'alto beccuccio, e quando arrivò in un luogo che pensava potesse gettare i rami in fiamme, agitò il braccio con terribile coraggio e li gettò nel liquido infiammabile che formò una piccola zattera quando cadde.

Immediatamente, ha cercato di indietreggiare, ma non ha avuto tempo. I gas di quella terribile massa infiammabile si sono espansi nell'esplosione. L'allevatore e la sua cavalcatura, intrappolati nel cono esplosivo, furono scagliati come proiettili, e Gleen, come il caposquadra, guardò con terrore mentre entrambi i corpi venivano proiettati davanti a loro, quasi travolgendoli quando furono gettati per andare a cadere semidistrutti a abbastanza metri di distanza.

Gleen e il caposquadra avevano provvidenzialmente risparmiato la stessa orribile morte dell'allevatore a causa del ritardo nel raggiungerlo, ma soffrivano comunque del caldo soffocante dell'enorme ondata di calore che si era abbattuta sullo scoppio dell'incendio.

E subito accadde qualcosa di dantesco, che fece rizzare i capelli a tutti, perché era una cosa mai contemplata.

Ora, dalla torre del pozzo non si levava più una massa nera, ma un flusso continuo di fiamme, che si riversava sul terreno. Il fuoco, correndo veloce, aveva seguito i solchi pieni d'olio, diffondendo il fuoco lungo il terreno, verso il ranch dove già colava l'olio estratto e di complemento, le fiamme, diffondendosi, si erano abbracciate. l'erba secca delle terre erbose, alle spighe che stavano per essere tagliate dai campi, e, il paesaggio era diventato un feroce inferno di fiamme, che si diffondevano da una parte all'altra, divorando campi, campi, capanne, caserme, attrezzi e quanto l'elemento vorace trovava sul suo cammino.

I combattenti terrorizzati avevano smesso di combattere, consapevoli del pericolo che incombeva su di loro e contro il quale non potevano combattere. Inoltre il fuoco, correndo senza fissazione da un luogo all'altro, minacciando di avvolgerli nel suo fuoco, li costringeva a ritirarsi, a fuggire da quell'inferno che li avrebbe divorati con la sua insaziabile voglia di distruzione.

Gleen, terrorizzato, appena ripresosi dallo shock barbarico, si precipitò al galoppo verso il luogo dove Fuchs e il suo cavallo erano stati lasciati a terra, irriconoscibili, e sceso corse verso il corpo distrutto dello zio, aiutato dal caposquadra, livido e contratto per il terribile shock subito.

Da parte sua Alvin, che stava combattendo non lontano dal luogo della terribile catastrofe, sorpreso dalla manovra suicida dell'allevatore, pronunciò un terribile giuramento, e con il volto contorto da una ignobile smorfia di rabbia concentrata, lanciò in avanti il suo cavallo. , cercando l'allevatore per spegnere in lui tutta la rabbia velenosa che divorò la sua anima con più forza del fuoco che iniziò a divorare tutto ciò che era alla sua portata.

Ed era quasi sopra Gleen e il caposquadra mentre cercavano di sollevare il corpo di Fuchs, di portarlo via e impedire al fuoco di impossessarsi di esso.

Gleen ebbe appena il tempo di notare l'avanzata impetuosa e disperata di Alvin, che, revolver in mano, scaraventò il suo cavallo sul gruppo, sparando senza controllo.

Il giovane, con un movimento disperato, afferrò la rivoltella che aveva lasciato accanto a sé mentre si chinava sul corpo dello zio, e sparò ad Alvin, quando lo fece a sua volta quando lo riconobbe.

Gleen aveva solo due proiettili nella canna del revolver, ed entrambi erano diretti avidamente al corpo dell'ex spacciatore mentre si chinava di lato sul cavallo per sparare.

Alvin emise un ruggito di dolore da capogiro e si girò completamente su un fianco, e cadde a terra, dove fece due tragiche svolte per rimpicciolirsi, mentre Gleen sentiva la trazione di uno dei proiettili del suo avversario, sfiorargli il braccio sinistro.

Ma, fortunatamente, la sua ferita non era grave, mentre le due che Alvin aveva ricevuto erano mortali per necessità.

L'epilogo fu così rapido che quando il caposquadra volle intervenire, tutto finì.

Ma non c'era tempo per commentare. Il fuoco avanzava dappertutto e Gleen, temendo di essere sotto i riflettori divoratori, gridò:

"Presto, James, prendi il cavallo di quell'avvoltoio! Devi metterci dentro il corpo di mio zio e uscire di qui prima che sia troppo tardi. Povera Virginia, quando è alle calcagna, viene a conoscenza della tragica morte del padre.

Il cadavere semidistrutto fu incrociato in sella al cavallo di Alvin, lasciandolo abbandonato, e la coppia angosciata si precipitò a fuggire da quel braciere, per andare al ranch.

La lotta era cessata. I peoni, prima di essere travolti dalle fiamme che si levavano ovunque, si erano ritirati al ranch, i superstiti della comitiva di Alvin scapparono con l'artiglio di cavallo, al riparo dal tremendo pericolo, mentre i proprietari del sinistro luogo, fuggirono a loro volta terrorizzati, abbandonando quasi tutto, poiché l'impeto del fuoco era tale che aveva a malapena permesso loro di estrarre dalle loro cabine qualcosa del più utile ed essenziale.

Il pericolo aumentò notevolmente quando il fuoco, propagandosi, raggiunse le sparse cariche di dinamite pronte per l'esplorazione.

Continuamente, venivano catturate violente esplosioni che rendevano il quadro più tragico, la terra saltava in vulcani di polvere e tutto contribuì a rendere più sinistro il panorama.

Quando il gruppetto scese verso il ranch, i loro occhi si riempirono di lacrime e di dolore, nell'osservare come i torrenti d'olio, quando prendevano fuoco, avessero messo il fuoco parallelo ad uno dei lati della hacienda.

E questo aveva provocato l'ultimo atto del tremendo dramma. Il bestiame, sorpreso dal fuoco, era impazzito e si era gettato alla cieca sull'albero di biancospino, lo avevano reciso in vari punti, fuggendo in tutte le direzioni per rendere il quadro ancora più suggestivo. Virginia, che era quasi svenuta per lo shock quando aveva visto dal ranch come era scoppiato il fuoco, vedendolo scorrere giù per i pendii in direzione del ranch, si era affrettata a montare il suo jackfruit, sfuggendo al pericolo imminente in cui si trovava.

E temendo per la vita del padre, si era lanciato nella direzione del luogo del combattimento, fregandosene di quello che gli sarebbe potuto succedere in quel cieco tentativo di ritrovare l'allevatore, per costringerlo a ritirarsi dalla catastrofe.

E l'incontro è stato tragicamente doloroso, quando ha affrontato Gleen, con un braccio ferito e vestiti macchiati di sangue e un cadavere che non riusciva a riconoscere, penzolante dalla sedia.

Vedendo Gleen e il caposquadra, avanzò gridando:

"Gleen! Gleen! Per compassione! Dov'è mio padre?

Gleen e il caposquadra si fermarono scioccati, non osando rispondere, ma lei, fissando gli occhi terrorizzati sul cadavere ondeggiante, lanciò un grido impressionante e corse da lui, abbracciandolo con infinita disperazione.

-- Papà! Papà!

Gleen, ignorando la sua ferita, si avvicinò a lei cercando di separarla dal corpo frantumato, mentre diceva con voce roca:

"Nessuno potrebbe farne a meno, Virginia. Quando stavamo combattendo con gli uomini di Alvin, tuo padre inavvertitamente si staccò, e con alcuni rami resinosi che portava sulla sella, li diede fuoco e li gettò nel pozzo dell'olio. Non ha potuto evitare l'onda espansiva dell'aria quando è avvenuta l'esplosione ed è stato lanciato come un proiettile. Si è ucciso pazzo e nessuno ha potuto evitarlo, ma se può consolarti, ti dirò che ho ucciso Alvin, il mostro che ci ha portato questa terribile catastrofe. Per lo meno, non trarrà profitto dal petrolio, né godrà della morte

"Questo non mi restituisce mio padre, Gleen, non salverà nemmeno la mia proprietà. Guarda, non vedi?

"Lo vedo e vedo anche che il fuoco corre lungo e non attraverso i pascoli, perché?

Il caposquadra ha dichiarato:

"Andiamo lì. Qui non si risolve nulla e, invece, se si può fare qualcosa dobbiamo provarci con gli uomini che sono tornati illesi. Avrei dovuto dirti una cosa, ma quando arriviamo al ranch.

Gleen aiutò Virginia a salire a cavallo e tornarono al ranch, dove una dozzina o più peoni erano tornati illesi, portando con sé altri quattro feriti nei combattimenti.

Il caposquadra ha chiesto:

"Cosa sta succedendo? Come ha fatto a non entrare il fuoco?

«È stato fermato dal letto del torrente che costeggia la recinzione e i due laghetti. Inoltre, l'aria soffia nella direzione opposta.

"Quindi, ragazzi, dovete aiutare il torrente in modo che il fuoco non possa passare dall'altra parte. Uno sforzo per quanto le nostre forze possono spingersi e costruire una barriera di terra su questo lato del fiume, in anticipo. Fare attenzione che non contenga rami secchi o erba che possa bruciare. E il bestiame?

«Quasi tutto è scappato, caposquadra. Ci sono bovini alla fine del pascolo, ma terribilmente spaventati. Chissà se gli altri sono fuggiti al fiume, per sprofondarvisi, o sono morti bruciati.

"Beh, l'irrimediabile non ha rimedio. Non sappiamo cosa accadrà, né quale sarà la fine, ma ciò che può essere salvato deve essere salvato. L'unica cosa che sembra certa è che questo non sarà mai più un ranch e un pascolo. L'olio ucciderà l'erba in un modo o nell'altro, e il bestiame, chissà cosa si può raccogliere. Ma non tutto è ancora perduto, anche se il capo è morto e sua figlia è rimasta sola al mondo, sua madre è in Texas, come sai, a prendersi cura di una delle sue sorelle che è malata, e anche se non potrà per evitare la terribile sorpresa di conoscere la morte del marito, sarà stato almeno evitato l'orrore di guardare questo dipinto.

Gleen e Virginia avevano spostato il corpo di Fuchs all'interno del ranch. Questo, al momento, non sembrava minacciato di essere divorato dalle fiamme, poiché la fortuna aveva impedito lo sgocciolamento dell'olio, dovuto al letto del torrente e degli stagni.

Dopo aver preso tali disposizioni, il caposquadra si unì alla coppia assediata e dichiarò:

"Sig. Gleen, non devi disprezzare la tua ferita. Hai perso molto sangue e devi prenderti cura di quel braccio.

Scrollò le spalle sgomento, ma Virginia, reagendo, esclamò:

"Scusa, Gleen, sono stata portata via dal terribile dolore che mi ha causato la morte di mio padre e ho dimenticato tutto. Ti guarirò come posso finché non sarà possibile per un dottore vederti.

Cercò una scatola con forniture mediche e si preparò a curare il ferito. Mentre lo faceva, guardò il caposquadra con angoscia e borbottò tra i singhiozzi:

"È finita! Per noi, per te e per i tuoi uomini.

Il caposquadra, indeciso, rispose:

"Esatto, dobbiamo ammetterlo, ma ho qualcosa da comunicarti. Non ho potuto farlo ieri sera per come è successo tutto, ma ora te lo dico. Nel tardo pomeriggio, i due braccianti che stavano lavorando al pozzo che avevamo deciso di aprire vennero molto emozionati a dirmi che non osavano continuare a scavare, perché il terreno era diventato umido e la terra puzzava di olio. Hanno percorso circa sei metri e sembra che l'olio stia per scoppiare. Volevo trovarti per chiederti cosa stavamo facendo, ma non potevo parlarti e ho dovuto lasciarlo per dopo. Ora ti faccio sapere.

"L'hai visto? chiese Gleen mentre lo guarivano.

"Sì, e ho verificato che è vero. Ho la convinzione che, con poco più di approfondimento, emergerà il petrolio, ma ho capito che non si deve continuare. Inoltre, ho ordinato di versare della terra sopra il buco, per tenerlo nascosto per il momento. Non sapevo come avrebbe reagito il boss e pensavo che, per il momento, bastasse sapere che così come c'è il petrolio in altre parti della valle, c'è anche qui. E capisco che questo è il male, il minimo. Se il ranch è perso perché il bestiame non potrà più essere allevato qui, almeno il suo valore, o molto di più, lo hai sott'olio. So che lo odiano come tutti noi, ma possono sempre vendere il terreno che è il più grande, con quello che contiene di quel liquido schifoso e poi... Beh, non più, perché il boss è morto, La signorina Virginia e sua madre non saranno interessate a continuare ad allevare bestiame, anche se è in un altro luogo, ma, almeno, riceveranno una buona somma di denaro e non saranno in miseria. Quanto a noi... torneremo in Texas e Dio lo dirà.

Virginia si rivolse a lui, dicendo:

"Ne parleremo. Mio padre ti amava molto, lo hai sostenuto, ti sei esposto, hai rischiato la vita per aiutarlo e difendere la sua proprietà e alcuni l'hanno persa. Se risparmi abbastanza per provare qualcosa di nuovo, nessuno di voi due sarà abbandonato da me, né da mia madre. Al momento, non posso dire nulla. Dobbiamo aspettare e vedere come finirà questa tragedia, ma poi il futuro avrà l'ultima parola.

"Grazie, signorina Virginia" rispose commosso il caposquadra. Sai che tutti ti amiamo e che se avrai bisogno di noi, ci avrai al tuo fianco come un solo uomo. Ora vado a vedere cosa fanno i ragazzi per assicurarmi che il fuoco non possa arrivare oltre e... che il destino abbia l'ultima parola.

Virginia finì di curare il braccio della cugina e, un po' più calma, disse:

"Gleen, non ti ho ringraziato come avrei dovuto fare per quello che hai fatto, anche se non potevi fare di più. Grazie con tutto il cuore.

"Non ne vale la pena, e sono stato costretto a fare questo e molto altro. Ora non mi resta che organizzare tutto per il funerale di tuo padre, e dopo, se pensi che io possa intervenire in merito alla vendita del terreno negoziando con una compagnia petrolifera, lo farò con tutto il cuore. Proverò a confrontarmi con due o più compagnie per contendere il terreno, in modo da ottenere un prezzo più alto per esso e dopo che tutto sarà sistemato, deciderai cosa fare.

"Lo studieremo a tempo debito, ma ho anche una cosa da chiederti: cosa farai?

Gleen era teso; in realtà non lo sapevo.

"Beh, penso che dovrò cercare una collocazione che mi permetta di finire gli studi. Se non dovessi finirli, li rinuncerei per iniziare una nuova vita.

"Perché? Se le cose vanno bene finanziariamente, non è un motivo per cui mio padre è scomparso, quindi ti lasciamo in sospeso quando ciò che manca è il minimo.

"Grazie, non possiamo ancora parlarne, anche se sono sicuro che quello che hai perso da un lato, lo guadagnerai dall'altro. L'importante è cosa farai dopo. Tu sei solo e ho l'obbligo di ricambiare i favori ricevuti, aiutandoti come posso.

«Temo che tu non possa, Gleen.

"Perché?

"Perché se lo vendiamo subito e non possiamo continuare qui, andremo in Texas e con i soldi compreremo un altro ranch. Mio padre voleva solo difendere i suoi pascoli e il suo bestiame, devo continuare il suo lavoro, se non è qui in un altro luogo. Inoltre, non posso lasciare i nostri uomini abbandonati, quando hanno esposto così tanto per noi. Li porterò via, compreremo un ranch e vedremo come si difenderà. Mi fido almeno di James, che è ben informato e leale.

"Lo è, ma perché l'ossessione? Perché non studi la proposta che ti ho fatto? Quando sarai fuori dal lutto, potrei aver finito la mia carriera e aver ottenuto una buona posizione in qualche azienda. Ora questo ranch a cui dovrai rinunciare non ti vincola.

"Per cambiarlo con un altro, te l'ho già detto. Tutto seguirà fedelmente come mio padre l'ha voluto, e io seguirò la sua ispirazione e, inoltre, non cambierò il mio modo di intendere la vita, e il matrimonio. Chi mi ama, chi vuole sposarmi, dovrà seguire questa tradizione di famiglia, il più a lungo possibile. Questa è una decisione irrevocabile, Gleen, te l'ho già detto, e non fa differenza che mio padre sia scomparso o che dobbiamo andare da qualche altra parte.

Gleen, teso, mormorò:

"Ma, Virginia, non ti rendi conto che con la mia carriera posso offrirti qualcosa di mio e altrimenti non ho un posto dove morire? La sfortuna mi ha fatto vivere a spese dei miei parenti, e se sto per usarli nella vita, è grazie a tuo padre. Posso lasciare la mia carriera per offrirti cosa? Non è abbastanza che ho goduto di ciò che non è mio? Non ti rendi conto che amandoti con tutto il cuore, il destino mi lega mani e piedi? Il minimo sarebbe lasciare i miei studi e dedicarmi ad altro, e tu pretendi lo stesso; Per di più, è che sono uno studente povero.

Virginia, tesa, rispose:

«Non compro mariti, Gleen. Il mio cuore ha solo una retta via, e per raggiungerla ci vuole solo amore e non soldi.

Gleen si irrigidì, fissando da lì il fantastico paesaggio. L'immensa fontana di fuoco, continuava a rimbalzare come qualcosa di infernale, segnando il paesaggio con la sua parabola del fuoco, i fuochi attraverso la terra, diminuivano man mano che si consumavano erba e spighe ed esseri nervosi come fantasmi, si muovevano in lontananza, intorno ai luoghi bruciati, alla ricerca delle loro proprietà.

Tutto era stato trasformato, e sebbene per il momento le perdite fossero considerevoli, il petrolio avrebbe compiuto il miracolo della rinascita.

Gleen si rivolse a Virginia e, con voce roca, chiese:

"Virginia..., se io..., rinunciassi a tutto..., sì..., mi piegassi al tuo desiderio e volontà... se mi mettessi anima e corpo a tua disposizione per aiutarti a seguire il percorso che tu hai tracciato.., non penseresti che lo faccio per egoismo e non per affetto verso di te?

Lei ha semplicemente risposto:

"Se lo avessi pensato, ti avrei rifiutato al primo tentativo, ma vedi, non lo faccio.

Entrambi si strinsero le mani per l'emozione, mentre i loro occhi si riempirono di lacrime di felicità.

FINE